Um fracasso de Maigret

Livros do autor publicados pela **L&PM** EDITORES:

Todos os contos de Maigret – vol. 1
Todos os contos de Maigret – vol. 2

Coleção **L&PM** POCKET:

Romances com o inspetor Maigret:

A barcaça da morte
A fúria de Maigret
A louca de Maigret (inédito)
A noite da encruzilhada
A primeira investigação de Maigret
A taberna dos dois tostões (inédito)
A velha senhora
As férias de Maigret
As testemunhas rebeldes
Liberty Bar (inédito)
Maigret (inédito)
Maigret e a morte do jogador (inédito)
Maigret e a mulher do ladrão (inédito)
Maigret e o corpo sem cabeça (inédito)
Maigret e o fantasma (inédito)
Maigret e o finado sr. Gallet (inédito)
Maigret e o homem do banco
Maigret e o ladrão preguiçoso (inédito)
Maigret e o matador (inédito)
Maigret e o mendigo (inédito)
Maigret e o negociante de vinhos (inédito)
Maigret e o sumiço do sr. Charles (inédito)
Maigret e os colegas americanos (inédito)
Maigret e os crimes do cais (inédito)
Maigret e os flamengos (inédito)
Maigret e os homens de bem
Maigret e seu morto
Maigret em Nova York
Maigret em Vichy (inédito)
Maigret na escola (inédito)
Maigret sai em viagem (inédito)
Maigret se defende (inédito)
Maigret se diverte (inédito)
Memórias de Maigret (inédito)
Morte na alta sociedade
O amigo de infância de Maigret (inédito)
O assassino sem rosto
O cão amarelo
O caso Saint-Fiacre
O enforcado
O medo de Maigret
O mistério das joias roubadas
O porto das brumas
O revólver de Maigret (inédito)
Os escrúpulos de Maigret (inédito)
Um crime na Holanda (inédito)
Um fracasso de Maigret (inédito)
Um engano de Maigret
Uma sombra na janela

Outros romances:

A casa do canal (inédito)
A fuga do sr. Monde (inédito)
Ainda restam aveleiras
O burgomestre de Furnes
Sinal vermelho (inédito)

Georges Simenon

Um fracasso de Maigret

Tradução de Alessandro Zir

www.lpm.com.br

L&PM POCKET

Coleção **L&PM** POCKET, vol. 1007

Texto de acordo com a nova ortografia.
Título original: *Un échec de Maigret*

Primeira edição na Coleção **L&PM** POCKET: fevereiro de 2012

Tradução: Alessandro Zir
Capa: Ivan Pinheiro Machado. *Foto*: Steve Cole / Getty Images
Preparação: Elisângela Rosa dos Santos
Revisão: Lívia Schleder de Borba

CIP-Brasil. Catalogação na Fonte
Sindicato Nacional dos Editores de Livros, RJ.

S599f

Simenon, Georges, 1903-1989
Um fracasso de Maigret / Georges Simenon; tradução de Alessandro Zir. – Porto Alegre, RS: L&PM, 2012.
176p. : 18 cm (Coleção L&PM POCKET; v. 1007)

Tradução de: *Un échec de Maigret*
ISBN 978-85-254-2533-1

1. Romance francês. I. Zir, Alessandro. II. Título. III. Série.

11-8407. CDD: 843
CDU: 821.133.1-3

Rua Comendador Coruja, 314, loja 9 – Floresta – 90.220-180
Porto Alegre – RS – Brasil / Fone: 51.3225.5777 – Fax: 51.3221.5380

Pedidos & Depto. Comercial: vendas@lpm.com.br
Fale conosco: info@lpm.com.br
www.lpm.com.br

Impresso no Brasil
Verão de 2012

SOBRE O AUTOR

Georges Joseph Christian Simenon nasceu na cidade belga de Liège, em 12 de fevereiro de 1903, filho de Desiré Simenon, contador de uma companhia de seguros, e Henriette. A família era católica, e o comparecimento a rituais da Igreja foi uma constante na infância do autor. Christian, filho mais novo do casal, era o preferido de Henriette, enquanto Georges venerava o pai, um homem paciente que não desperdiçava palavras. Era adolescente quando Liège foi ocupada pelos alemães durante a Primeira Guerra Mundial.

Ainda na juventude do autor, seu pai adoeceu gravemente do coração. Georges abandonou a escola e começou a trabalhar. Passou por vários empregos, até que, em janeiro de 1919, foi admitido como office boy no *Gazette de Liège*, sendo posteriormente promovido a repórter. Escreveu sob vários pseudônimos, até chegar ao nome de Georges Sim, que usaria por doze anos. Na atividade jornalística, adquiriu habilidades que muito lhe valeriam na carreira de romancista: escrever rápido e respeitar prazos. Paralelamente ao trabalho, nesse período Simenon aplicou-se no estudo de medicina forense. Também nessa época começou suas primeiras experimentações literárias e conheceu Régine Renchon, a quem apelidou de Tigy, sua futura mulher.

Seu pai morreu em 1921, e, após cumprir o serviço militar, Georges mudou-se para Paris, em 1922, onde se sustentou graças ao salário de secretário particular. Nos anos seguintes, ele se estabeleceria como autor de literatura *pulp*, além de frequentar artistas da cena francesa, como o cineasta Jean Renoir, de quem se tornou amigo, e a cantora americana Josephine Baker, de quem foi amante. Já nessa época estava em gestação aquele que se tornaria um dos mais famosos personagens da literatura ocidental, o inspetor Jules Maigret.

Entre 1929 e 1930, Simenon escreveu sob pseudônimo vários textos que prenunciavam o surgimento da série em que o comissário da Polícia Judiciária francesa desvenda uma série de crimes. Os anos de 1930 e 1931 foram dedicados à redação dos romances que comporiam a série Maigret e que seriam publicados já com o nome do autor pela editora francesa Fayard a partir de 1931. *Pietr-le-Letton* (*O assassino sem rosto*) foi o primeiro desses romances a ser escrito, mas *Monsieur Gallet, décédé* foi o primeiro a ser publicado, obtendo sucesso imediato, como os demais livros que se seguiriam. Todo o universo e a ética de Maigret já estavam estabelecidos nos primeiros livros da série. As histórias protagonizadas pelo inspetor Maigret – parisiense, fumante de cachimbo, usando sempre um sobretudo de gola de veludo e chapéu – compõem uma categoria *sui generis* da literatura policial: o êxito junto ao público deve-se menos ao enredo e à descoberta do mistério do que ao misto de ceticismo e esperança com o qual o taciturno Maigret vê a sociedade – visão psicológica que é a principal arma desse humanista no combate contra o crime. Com o passar dos anos, a composição dos personagens secundários se tornaria mais complexa e o tom dos romances, mais filosófico.

Em 1933, já havia escrito seis romances em um estilo diferente do que praticara até então, que ele chamou de *roman dur*: romances que não necessariamente giram em torno de um crime e que se apoiam, sobretudo, na riqueza psicológica dos personagens. A essa altura a família já estava vivendo na propriedade em La Rochelle, na costa oeste da França.

Em 1945, Simenon – já com problemas de coração –, Tigy e o filho do casal, Marc, deixaram a Europa em direção à América. Lá, ele conheceu Denyse Ouimet, que se tornaria sua segunda mulher. Em 1953, nasceu Marie-Jo, a única filha do autor, que acabaria se suicidando em 1978. Em 1955, a família retornou à Europa, estabelecendo-se na Suíça.

A década que se seguiu foi turbulenta: Denyse sofreu de problemas psiquiátricos que a levaram à internação, em 1962, e, em 1964, abandonou a recém-construída residência familiar, na cidade suíça de Épalinges. Em 1970, morreu a mãe de Simenon, com quem ele sempre tivera relações problemáticas, e nesse mesmo ano ele escreveu seu último *roman dur*, *Les Innocents*, além de *Maigret e o sumiço do sr. Charles*, o último romance protagonizado por Jules Maigret. A partir de 1973, Simenon ditou e escreveu apenas livros de memórias que, como seus textos autobiográficos, são vistos com reservas por muitos estudiosos de sua obra, no que diz respeito à veracidade dos fatos. Nos últimos anos, o escritor viveu recluso, fazendo aparições públicas apenas ocasionalmente, das quais a mais famosa foi a entrevista dada ao cineasta e amigo Federico Fellini, na qual afirmou ter mantido relações com dez mil mulheres. Morreu aos 86 anos, no dia 4 de setembro de 1989, em Lausanne.

Simenon, o mais emblemático caso de proficuidade literária do século XX, é autor de mais de duzentos romances (75 dos quais protagonizados pelo inspetor Maigret), 155 contos (trinta com Maigret) e 25 textos autobiográficos. Esses números são apenas aproximados, já que vários escritos foram publicados apenas em periódicos, sob até 29 pseudônimos. Dezenas de livros seus foram adaptados para a tevê, cinema e quadrinhos, e a sua venda mundial é estimada em 1,5 bilhão de exemplares, em mais de cinquenta línguas. Atestando a sua permanência literária e a excelência de sua ficção, foi recentemente eleito o segundo melhor autor de livros de mistério pelo jornal *The Times*, somente atrás de Patricia Highsmith.

SUMÁRIO

CAPÍTULO I

A velha senhora de Kilburn Lane e o açougueiro do Parc Monceau.

JOSEPH MAL BATEU na porta e abriu-a sem nenhum rangido. Ele entrou tão silenciosamente no gabinete de Maigret que poderiam tê-lo tomado por uma assombração. Seus cabelos brancos e ralos flutuavam ao redor da cabeça calva como se fossem uma auréola.

O comissário, debruçado sobre os papéis, com o cachimbo apertado entre os dentes, sequer levantou a cabeça, e Joseph permaneceu imóvel.

Fazia já oito dias que Maigret estava de mau humor, e seus colaboradores só ousavam entrar no gabinete nas pontas dos pés. Seu caso não era o único em Paris e na França, pois há muito que não se via um mês de março tão úmido, frio e lúgubre.

Às onze da manhã, o clima era o de uma madrugada sinistra. Até o meio dia, tinham de manter acesas as luzes das salas. Às três horas da tarde, já começava a escurecer. Já não se falava mais da chuva. Vivia-se como que dentro de uma nuvem, com água por todos os lados, sujeira dos sapatos nos pisos, e uma gente incapaz de dizer três palavras sem ter de assoar o nariz.

Os jornais publicavam fotografias de pessoas voltando para casa de barco, em ruas que haviam se tornado rios.

Ao chegar de manhã cedo, o comissário perguntara:

– Janvier já chegou?

– Ele está doente.

– E Lucas?

– A mulher dele telefonou avisando que...

Os inspetores adoeciam um depois do outro, por vezes vários juntos, de forma que nunca havia mais do que um terço do efetivo disponível.

Quanto à sra. Maigret, o que ela tinha não era gripe, mas sim dor de dente. Todas as noites, mesmo depois de consultar o dentista, ela acordava com dor por volta das duas ou três horas e só conseguia voltar a dormir quando já era de manhã.

Ela procurava ser forte. Não se queixava, não deixava escapar nenhum gemido.

O resultado era pior. De repente, no meio do sono, Maigret se dava conta de que ela estava acordada. Ele percebia que ela segurava o choro e mal ousava respirar. Ele permanecia um tempo parado, sem dizer nada, observando o sofrimento da mulher, até que se sentia obrigado a dizer:

– Por que você não toma um analgésico?

– Você não está dormindo?

– Não. Tome um analgésico.

– Mas eles não fazem mais efeito.

– Tome um, mesmo assim.

Ele se levantava e, de pés descalços, ia buscar os comprimidos. Ele alcançava a ela um copo d'água sem conseguir esconder o cansaço que o deixava mal-humorado.

– Me desculpe – dizia ela, suspirando.

– Não é culpa sua.

– Eu poderia ir dormir no quarto da empregada.

Eles tinham um, no andar superior, que quase nunca usavam.

– É melhor eu ir dormir lá em cima – insistiu ela.

– Não.

– Amanhã você vai estar cansado... E você tem um dia cheio de trabalho pela frente!

Ele tinha mais preocupações do que trabalho propriamente dito. A sra. Muriel Britt, uma inglesa de quem falavam os jornais, havia desaparecido.

Mulheres desaparecem todos os dias e, normalmente, de forma discreta. Mesmo nos casos em que não são encontradas, tais desaparecimentos não rendem mais do que três linhas nos jornais.

Mas o desaparecimento de Muriel fora noticiado com escândalo. Ela viera a Paris com outras 52 pessoas, num desses grupos de excursão que as agências de turismo reúnem na Inglaterra, nos Estados Unidos, no Canadá ou em outros países.

Ela desaparecera durante um passeio noturno. Um carro levava homens e mulheres, quase todos da mesma idade, para passear por Les Halles, por Pigalle, pela Rue de Lappe e pela Champs-Elysées, com tíquetes que davam direito a consumir em diferentes estabelecimentos de cada um desses lugares.

No final da noite, todos estavam animados, com as bochechas coradas e os olhos brilhantes. Tinham perdido um senhor baixinho, de bigodes encerados, contabilista, mas haviam-no reencontrado na tarde do dia seguinte, deitado na própria cama, para onde ele tinha retornado sem ninguém perceber.

O caso da sra. Britt era diferente. Os jornais ingleses sublinhavam que não havia nenhum motivo para que ela desaparecesse. Estava com 58 anos. Era uma mulher muito magra, de aparência cansada, que passara a vida trabalhando. Cuidava de uma pensão em Kilburn Lane, no lado oeste de Londres.

Como era a vida das pessoas em Kilburn Lane, isso Maigret não sabia. Pelas fotos que vira nos jornais, imaginava uma casa triste, habitada por datilógrafas e empregados de escritório sem importância, que decerto se reuniam, durante as refeições, ao redor de uma mesa redonda.

A sra. Britt era viúva. Ela tinha um filho que morava na África do Sul e uma filha casada em algum lugar do Canal de Suez. A pobre sra. Britt nunca havia tirado férias antes da viagem a Paris.

Uma excursão em grupo, a preço acessível. Eles haviam se hospedado no hotel da Gare Saint-Lazare, que costumava receber esse tipo de turista.

Ela tinha saído do carro junto com os outros e voltado para o quarto. Três testemunhas ouviram-na trancar a porta.

No dia seguinte, ela tinha desaparecido sem deixar nenhuma pista.

A Scotland Yard enviara um inspetor que, constrangido, se encontrara com Maigret e depois conduzira sua própria investigação de forma discreta.

Menos discretos, os jornais ingleses reclamavam da ineficácia da polícia francesa.

Havia certos detalhes do caso que Maigret tinha pudor de revelar aos jornais. Em primeiro lugar, no quarto da sra. Britt, haviam encontrado garrafas de bebidas alcoólicas escondidas por toda a parte: sob o colchão, sob a roupa de cama em uma gaveta, em cima do armário.

Logo depois que publicaram a fotografia dela em um jornal vespertino, o merceeiro que vendera a ela as bebidas se apresentou no Quai des Orfèvres.

"O senhor notou alguma coisa fora do comum?"

"Hum... Ela estava um pouco alterada... Além das bebidas que havia comprado para levar, ela tomava gim."

Será que a sra. Britt tinha já o hábito de beber escondido na sua pensão em Kilburn Lane? Os jornais ingleses não diziam nada a respeito.

O guarda noturno do hotel também havia deposto:

"Eu a vi descer novamente do quarto, sem fazer nenhum barulho. Ela estava bem animada e me disse umas gracinhas."

"Mas ela saiu?"

"Sim."

"Em que direção ela foi?"

"Isso eu não sei."

Um policial a tinha visto hesitar na entrada de um bar da Rue d'Amsterdam.

Era tudo. Nenhum corpo fora resgatado do Sena. Nenhuma mulher fora encontrada em pedacinhos em algum terreno baldio.

O superintendente Pike, da Scotland Yard, um conhecido de Maigret, telefonava de Londres todas as manhãs.

– *Sorry*, Maigret... Alguma pista?

Essa pressão, mais a chuva, as roupas úmidas, os guarda-chuvas pingando por todos os cantos e a dor de dente da sra. Maigret estavam deixando o comissário cada vez mais irritado. Pressentia-se que ele estava prestes a explodir.

– O que é, Joseph?

– O chefe quer falar com o senhor.

– Avise que já estou indo.

Não era a hora da reunião. Se o diretor estava chamando-o no meio da jornada de trabalho, alguma coisa importante devia ter acontecido.

Maigret terminou o relatório que estava fazendo, encheu outro cachimbo e se dirigiu à sala do chefe.

– Nenhuma novidade, Maigret?

Maigret deu de ombros.

– O ministro me enviou um aviso.

Por ministro, o diretor se referia ao ministro do Interior, a quem a Polícia Judiciária estava subordinada.

– E o que ele diz?

– Às onze e meia, vai chegar um sujeito...

Eram onze e quinze.

– Chama-se Fumal e é uma personalidade importante. Nas últimas eleições, ele contribuiu com não sei quantos milhões para a campanha do partido...

– E o que foi que a filha dele aprontou?

– Ele não tem filha.

– O filho?

– Ele também não tem filho. O ministro não me disse do que se trata. Parece simplesmente que esse senhor vem nos fazer uma visita e que é preciso recebê-lo da melhor maneira possível.

Maigret moveu os lábios, e era fácil adivinhar que a palavra que ele guardava para si começava com a letra *m*.

– Fico lhe devendo essa, meu velho. Sei que é mais um pepino para você. Faça o possível e o impossível. Já temos problemas suficientes.

No corredor, Maigret parou ao lado de Joseph:

– Quando Fumal chegar, leve-o diretamente até o meu gabinete.

– O quê?

– Falo do sr. Fumal! É um sujeito que estamos esperando...

Aquele nome não lhe era estranho. Lembrava-o de algo desagradável, mas Maigret, que já tinha a cabeça cheia, não fez muito esforço para lembrar o que era.

– Aillevard está por aí? – perguntou ele na entrada da sala dos inspetores.

– Ele não veio essa manhã.

– Está doente?

– Ele não telefonou para avisar.

Janvier havia retornado ao trabalho, com o nariz ainda vermelho e uma tez acinzentada.

– E os seus filhos?

– Todos gripados, é claro!

Cinco minutos mais tarde, Joseph batia imperceptivelmente na porta do gabinete de Maigret e anunciava com a voz tensa:

– O sr. Fumal.

Maigret, sem dirigir os olhos para a visita, resmungou:

– Sente-se.

Quando ele ergueu a cabeça, viu-se diante de um homem enorme e flácido, que mal cabia na poltrona. Fumal o observava com um olhar malicioso, como se já esperasse pela reação do comissário.

– Do que se trata? Disseram-me que o senhor gostaria de falar comigo pessoalmente.

Não havia mais que poucas gotas de chuva no sobretudo da visita, que devia ter chegado de carro.

– Não me reconhece?

– Não.

– Procure se lembrar.

– Não tenho tempo para isso.

– Ferdinand.

– Ferdinand de quê?

– Ferdinand, o gordo... Bumbum!

De súbito, Maigret lembrou-se, e a lembrança era mesmo desagradável. Vinha de anos atrás, dos tempos de colégio, na cidadezinha de Saint-Fiacre, em Allier, onde a srta. Chaigné era professora.

Naquela época, o pai de Maigret cuidava do Château de Saint-Fiacre. Ferdinand era filho do açougueiro de um vilarejo a dois quilômetros de distância.

Em todas as turmas, há sempre garotos que são maiores, mais gordos do que os outros. Exageradamente mais gordos.

– Agora você está se lembrando?

– Estou.

– Está surpreso de me reencontrar? Eu sabia que você era inspetor de polícia, vi suas fotos nos jornais. Éramos bons amigos na época.

– Isso faz um bocado de tempo – disse Maigret, esvaziando o cachimbo.

– Você recebeu a carta do ministro?

– Não.

– Não lhe disseram nada sobre a minha visita?

– Sim, disseram.

– Ora, considerando o lugar de onde saímos, pode-se dizer que chegamos bem longe. Pelo menos eu. Meu pai não tomava conta de nenhum castelo, era um simples açougueiro. No Lycée de Moulins, me deram um pontapé na bunda depois do quinto...

Percebia-se nele uma agressividade que não se dirigia com exclusividade a Maigret. Ele era desses homens que procuram parecer rudes e desagradáveis com todo mundo.

– Hoje, Oscar me disse... – Oscar era o ministro do Interior. – "Faça uma visita a Maigret, já que você quer vê-lo. Ele vai estar à sua disposição... Vou me encarregar de..."

Sem pestanejar, o comissário continuou a encarar o visitante.

– Eu me lembro muito bem do seu pai... – continuou Fumal. – Ele tinha bigodes de um loiro avermelhado, não é mesmo? Era magro... Não era robusto... Eles teriam se dado bem, meu pai e ele...

Dessa vez, Maigret precisou fazer um esforço para manter a calma, pois haviam tocado num ponto delicado, numa das recordações mais tristes da sua infância.

Como muitos dos açougueiros do interior, o pai de Fumal, que se chamava Louis, comercializava gado. Ele tinha até mesmo adquirido algumas pastagens e pouco a pouco ia se tornando mais importante na região.

Sua mulher, a mãe de Ferdinand, era chamada de "a bela Fernanda". Dizia-se que ela não usava roupas íntimas e declarava cinicamente:

– Perde-se muito tempo para tirá-la...

Haveria sempre manchas vergonhosas em nossas lembranças de infância?

Evariste Maigret era quem vendia as reses do castelo. Durante um longo período, ele hesitou em negociar com Louis Fumal. Um dia, porém, resolveu aceitar uma proposta. Fumal foi procurá-lo no escritório, com a carteira abarrotada de notas, como sempre.

Maigret devia ter sete ou oito anos na época e não tinha ido à escola. Não era gripe que ele tinha, mas caxumba. Sua mãe ainda era viva. Fazia muito calor na cozinha. O tempo estava carregado, e a água da chuva escorria sobre os vidros do lado de fora.

Seu pai entrara de repente, sem chapéu, com os bigodes molhados e bastante irritado.

– Esse maldito Fumal... – resmungava ele.

– O que foi que ele fez?

– Não me dei conta na hora... Quando ele saiu, coloquei o dinheiro no cofre, depois fiz uma ligação e só então percebi que ele havia surrupiado duas ordens de pagamento que estavam debaixo do meu pote de fumo.

De que valor seriam elas? Maigret, depois de tantos anos, já não tinha mais a mínima ideia. Mas ele se lembrava da raiva e da indignação de seu pai.

– Vou atrás dele...

– Ele saiu de charrete?

– Sim. De bicicleta eu consigo alcançá-lo...

Maigret não sabia exatamente qual fora o desfecho da história. Mas a partir dali, em casa, ele só ouvia pronunciarem o nome de Fumal em tom de desaprovação. Os dois homens não se cumprimentavam mais. Havia ocorrido ainda um segundo desentendimento, do qual Maigret se lembrava ainda menos. Fumal havia falado mal do administrador do castelo ao velho conde de Saint-Fiacre.

– Pode continuar, estou ouvindo – disse Maigret ao visitante.

– Depois do colégio, você não ouviu mais falarem de mim?

A voz de Ferdinand Fumal tinha algo de ameaçador.

– Não.

– Você conhece as Boucheries Réunies?

– De nome.

– Para a infelicidade dos pequenos açougueiros, há lojas dessa companhia espalhadas por toda a parte – havia uma delas no Boulevard Voltaire, perto da casa de Maigret.

– Essa companhia é minha. Você conhece as Boucheries Economiques?

Maigret conhecia vagamente. Uma outra rede de lojas que atendia os bairros mais populares e os subúrbios.

– Também sou o dono – disse Fumal, com um olhar desafiador. – Você tem ideia de quantos milhões valem essas duas companhias?

– Isso não é da minha conta.

– Também estou por trás das Boucheries du Nord, cuja matriz fica em Lille, e das Bouchers Associés, que têm um escritório na Rue Rambuteau.

Por pouco Maigret não disse, em homenagem ao homem enorme que estava sentado diante de si:

– É carne que não acaba mais!

Resolveu ficar quieto. A frase poderia trazer-lhe mais problemas do que o desaparecimento da sra. Britt. Ele já odiava Fumal, e não apenas por causa da memória do seu pai. Fumal era um homem cheio de si e grosseiro, que não respeitava os outros.

Por baixo dessa fachada, era possível perceber, contudo, uma certa insegurança, talvez até mesmo um grande medo.

– Você não vai me perguntar o que vim fazer aqui?

– Não.

É assim que se tira essas pessoas dos eixos: opondo-se a elas a mais absoluta indiferença. No olhar do comissário não havia nem curiosidade nem interesse, e Fumal começava a perder a calma.

– Você tem ideia de como sou influente? Posso fazer com que demitam um funcionário do alto escalão.

– Ah!

– Até mesmo aqueles que se acreditam intocáveis.

– Sou todo ouvidos, meu caro Fumal.

– Espero que tenha se dado conta de que vim aqui como um amigo.

– É mesmo?

– E, desde que cheguei, você está sendo...

– Estou sendo polido.

– Bem, se você quer assim... Pedi para falar com você por causa da nossa antiga amizade...

Eles nunca haviam sido amigos. Não andavam juntos. Aliás, Ferdinand Fumal não se dava com ninguém e passava os recreios sozinho em um canto.

– Sou obrigado a dizer-lhe que estou muito ocupado e que você está tomando o tempo do meu trabalho.

– Sou uma pessoa mais ocupada do que você e me dei ao trabalho de vir até aqui. Eu poderia tê-lo recebido em algum dos nossos escritórios...

Para discutir o quê? Ele não apenas conhecia o ministro, como tinha lhe prestado favores, e também a outros políticos, sem dúvida.

– Você está precisando de ajuda da polícia?

– Sim, mas não de uma maneira oficial.

– Pode continuar, estou ouvindo...

– Tudo o que vou lhe contar deve ficar apenas entre nós.

– Se não for uma confissão de assassinato...

– Não gosto desse tipo de piada.

Maigret, de repente, levantou-se e caminhou até a janela, contendo-se para não colocar o visitante porta afora.

– Estou sendo ameaçado de morte.

Maigret teve de dizer:

– Compreendo... – Mas fez um esforço para se manter impassível.

– Há uma semana que recebo cartas anônimas, às quais no início não dei atenção. É normal que pessoas da minha importância despertem inveja e até mesmo ódio.

– Você trouxe as cartas?

Fumal tirou do bolso uma carteira tão abarrotada quanto a de seu pai, anos atrás.

– Aqui está a primeira. Coloquei o envelope no lixo, pois não sabia do que se tratava.

Maigret pegou a carta. Leu nela as seguintes palavras, escritas a lápis:

Vou arrebentar você.

Ele não sorriu. Colocou o papel sobre a mesa.

– O que dizem as outras?

– Essa é a segunda, recebida no dia seguinte. Guardei o envelope que, como você pode ver, tem o carimbo de uma agência de correios perto da Place de l'Opéra.

Novamente a lápis, o recado agora dizia:

Sua cabeça está a prêmio.

Havia outras cartas, que Fumal segurava nas mãos e ia entregando a Maigret uma a uma depois de tirá-las dos envelopes.

– Não consegui decifrar o carimbo de postagem dessa aqui.

Pode ir comprando o caixão, desgraçado.

– Você não tem nenhuma ideia de quem possa estar enviando essas mensagens?

– Espere um pouco. No total são sete cartas, a última chegou esta manhã. Uma foi enviada da agência do Boulevard Beaumarchais, outra da agência principal da Rue du Louvre, outra da Avenue des Ternes...

O conteúdo das mensagens não variava muito.

Seus dias estão contados.
Faça o testamento,
desgraçado.

A última repetia o texto da primeira:

Vou arrebentar você.

– Posso ficar com essa correspondência?

Maigret escolhera a palavra correspondência de propósito, com uma intenção irônica.

– Se isso vai ajudá-lo a descobrir o remetente...

– Não lhe parece que seja tudo uma farsa?

– As pessoas que conheço não fariam esse tipo de brincadeira. Mas não sou um homem medroso. Para chegar aonde cheguei, precisei fazer uma série de inimigos e sempre os desprezei.

– E por que então veio nos procurar?

– Porque, como cidadão, tenho o direito de ser protegido. Eu preciso saber ao menos de onde estão vindo essas ameaças. Falei com o ministro e ele me disse que...

– Estou entendendo. Em suma, você quer que a polícia encontre uma forma de protegê-lo sem fazer muito alarde...

– É o que me parece que deve ser feito.

– E você quer também, sem dúvida, que a polícia descubra o autor das cartas anônimas...

– Sim, se isso for possível.

– Você não suspeita de ninguém em particular?

– Não, exceto...

– Diga.

– Não quero acusar ninguém. Além disso, trata-se de alguém que não teria coragem de cumprir as ameaças, se por acaso as escreveu...

– E quem é essa pessoa?

– Um tal Gaillardin, Roger Gaillardin, da companhia Comptoirs Economiques.

– Ele tem algum motivo para ter raiva de você?

– Eu o arruinei.

– Intencionalmente?

– Sim. E cheguei até mesmo a dizer a ele que eu o arruinaria.

– E por quê?

– Porque ele atravessou o meu caminho. Hoje em dia, está liquidado, e espero que venha a ser preso, porque o processo de falência levou à descoberta de ilegalidades na empresa...

– Qual é o endereço dele?

– Rue François-Ier, número 26.

– Ele é açougueiro?

– Ele é um picareta que administra o dinheiro dos outros. Essa é a diferença entre nós, pois eu administro a minha própria fortuna.

– Ele é casado?

– Sim, mas dá pouca importância à mulher. Vive com uma amante.

– Você a conhece?

– Costumávamos sair juntos os três.

– E você é casado?

– Há 25 anos.

– A sua esposa saía junto com vocês?

– Faz anos que minha mulher não sai de casa.

– Ela é uma pessoa doente?

– Pode-se dizer que sim. É no que ela acredita em todo o caso.

– Preciso tomar nota de alguns dados.

Maigret sentou-se, pegou uma folha de papel.

– Qual é o seu endereço?

– Sou proprietário da mansão que fica no Boulevard de Courcelles número 58, em frente ao Parc Monceau.

– É um belo bairro.

– Sim. Meus escritórios ficam na Rue Rambuteau, perto dos Halles. Temos outra sede na Place de la Villette.

– Certo.

– Temos escritórios também em Lille e outras cidades.

– Imagino que o número de empregados seja enorme.

– No Boulevard de Courcelles, temos apenas cinco.

– Você tem motorista?

– Nunca aprendi a dirigir.

– Você tem secretária?

– Tenho uma secretária particular.

– No Boulevard de Courcelles?

– Ela mora e trabalha lá, mas também me acompanha quando vou às sucursais.

– Ela é jovem?

– Acredito que tenha trinta anos.

– Você vai para a cama com ela?

– Não.

– E com quem você vai para a cama?

Fumal esboçou um sorriso.

– Já esperava que você fosse fazer essa pergunta. É verdade que tenho uma amante. Já tive muitas. A atual se chama Martine Gilloux. Eu a instalei num apartamento da Rue de l'Étoile.

– Bem perto da sua casa?

– Certamente.

– Como foi que se conheceram?

– Em um cabaré, faz um ano. Ela é uma moça bem-comportada que quase nunca sai de casa.

– É possível que ela guarde alguma mágoa de você?

– Creio que não.

– Ela tem algum amante?

Ferdinand rosnou, furioso:

– Se ela tem, não estou sabendo. Acho que você já fez perguntas o suficiente, não?

– Não. A sua esposa é ciumenta?

– Imagino que você tenha a ousadia de querer perguntar isso a ela...

– De que tipo de família ela vem?

– Ela é filha de um açougueiro.

– Perfeito.

– O que é perfeito?

– Nada. Gostaria de conhecer melhor a sua casa. É você mesmo quem pega a correspondência?

– A que chega no Boulevard de Courcelles, sim.

– Você recebe ali apenas cartas pessoais?

– Mais ou menos. A maior parte da correspondência de trabalho é endereçada aos escritórios da Rue Rambuteau e da Place de la Villette, onde tenho empregados que cuidam do seu recebimento.

– Não é a sua secretária quem...

– Ela apenas abre os envelopes.

– Você chegou a comentar sobre o conteúdo das mensagens com ela?

– Não.

– Por quê?

– Não sei.

– Também não comentou nada com a sua mulher?

– Não.

– E com a sua amante?

– Nada. Qual a utilidade dessas perguntas?

– Imagino que você me dê carta branca para ir até o Boulevard de Courcelles... Que desculpa eu devo usar?

– Diga que está investigando o desaparecimento de alguns documentos.

– Posso dar uma passada também em seus outros escritórios?

– Utilize a mesma desculpa.

– E na Rue de l'Étoile?

– Você pode ir até lá se pensa que isso lhe será útil.

– Certo. Então estamos combinados.

– Apenas isso?

– A partir do meio-dia de hoje, sua casa passará a ser vigiada. Será mais difícil fazer com que o acompanhem pelos outros lugares que você frequenta. Você utiliza uma limusine?

– Sim.

– Você anda armado?

– Tenho um revólver na minha mesinha de cabeceira, mas não ando com ele.

– Você e sua esposa dormem em quartos separados?

– Sim, há dez anos.

Maigret tinha se levantado e olhava para a porta. Em seguida, olhou para o relógio de pulso. Fumal levantou-se, constrangido. De repente, ele disse:

– Não esperava que você fosse me receber dessa forma.

– Não estou procedendo corretamente?

– Eu não disse isso...

– Vou cuidar do seu caso, sr. Fumal. Espero que nada de mal lhe aconteça.

Já no corredor, o dono dos açougues retrucou furioso:

– É também o que eu espero. Para o seu próprio bem!

Mas Maigret já estava fechando a porta.

CAPÍTULO II

A secretária que tem medo e a esposa que não sabe o que dizer.

Lucas entrou no gabinete, segurando um maço de papéis e exalando um cheiro de remédio. Maigret, que ainda estava de pé, perguntou irritado:

– Você chegou a vê-lo?

– Quem, chefe?

– Esse sujeito que acaba de sair daqui.

– Não prestei atenção.

– Pois fez mal. Ou eu estou muito enganado, ou ele vai nos trazer mais problemas do que a inglesa.

Maigret não estava apenas mal-humorado. Ele estava realmente preocupado, como se carregasse um peso nos ombros. O surgimento daquele homem, depois de tanto tempo, parecia um péssimo sinal. Alguém de quem Maigret nunca gostara, e cujo pai havia prejudicado o seu.

– Quem é ele? – perguntou Lucas, largando os documentos na mesa com um estalo.

– Fumal.

– O das carnes?

– Você o conhece?

– Meu cunhado trabalhou como guarda-livros num dos escritórios dele durante dois anos.

– E então?

– Ele preferiu ir trabalhar em outro lugar.

Maigret alcançou a Lucas as cartas anônimas e disse:

– Entregue-as para a perícia.

Um exame daquele material pelo pessoal do laboratório poderia trazer novas informações. Eles conheciam todos os tipos de papéis, de tinta, provavelmente todos os tipos de lápis. Talvez descobrissem até mesmo impressões digitais.

– Como vamos fazer para protegê-lo? – perguntou Lucas depois de ler as cartas.

– Não sei. Em primeiro lugar, envie alguém, por exemplo, Vacher, ao Boulevard de Courcelles.

– Digo a ele para entrar na casa ou para vigiar do lado de fora?

Maigret não respondeu de imediato.

A chuva havia parado, mas nem por isso o clima estava melhor. Um vento frio e úmido obrigava os passantes a segurar o chapéu e fechar a gola dos casacos. Na Pont Saint-Michel, algumas pessoas caminhavam inclinadas para trás, como se estivessem sendo empurradas.

– Do lado de fora. Peça a ele que escolha mais alguém para ir junto. Eles devem investigar também a vizinhança. Você mesmo pode dar uma olhada nos escritórios da Rue Rambuteau e da Place de la Villette.

– Será que não é tudo uma farsa?

– Não sei.

Maigret realmente não sabia. Qual seria o motivo da visita de Ferdinand?

– Você vai almoçar em casa?

Já era mais de meio-dia. Há uma semana Maigret vinha almoçando na cervejaria da Place Dauphine, não por causa do seu trabalho, mas porque sua mulher tinha consulta no dentista às onze e meia todos os dias. Ele não gostava de almoçar sozinho.

Lucas o acompanhou. Havia, como sempre, alguns inspetores sentados junto ao balcão, e os dois se dirigiram até uma pequena peça nos fundos onde estava instalado, para alegria de Maigret, um fogareiro a carvão.

– O que você acha de um filé de vitela ao molho branco? – propôs o chefe.

– Para mim está ótimo.

Uma mulher em frente ao Palácio da Justiça tentava a todo custo baixar o vestido que a ventania tinha levantado.

Um pouco mais tarde, quando lhe serviam a entrada, Maigret disse como que para si mesmo:

– Eu não compreendo...

Há casos de maníacos que escrevem cartas como aquelas que Fumal recebera. E esses loucos às vezes realizam aquilo que ameaçam fazer. Em geral, são pessoas ressentidas, que passam a maior parte do tempo remoendo as próprias mágoas sem nunca se queixar a ninguém.

Um homem como Fumal devia prejudicar muita gente. Sua arrogância era nociva.

O que Maigret não compreendia era o comportamento agressivo de Fumal durante a visita.

Talvez o próprio comissário tivesse provocado esse comportamento, por causa de uma antiga desconfiança que remontava à sua infância e ao castelo de Saint-Fiacre.

– Hoje não telefonaram da Scotland Yard? – perguntou Lucas.

– Ainda não, mas devem ligar.

Trouxeram um filé de vitela ao molho branco, que sra. Maigret não teria preparado melhor, e logo em seguida vieram avisar que queriam falar com o comissário pelo telefone. Só o pessoal do Quai des Orfèvres sabia onde ele estava.

– Sim, estou ouvindo... Janin?... O que ela quer?... Peça que espere um momento... Quinze minutos... Sim... É melhor que seja na sala de espera...

Quando ele voltou à mesa, disse a Lucas:

– A secretária de Fumal quer falar comigo. Ela está no Quai.

– Ela sabia que o chefe tinha vindo nos visitar?

Maigret deu de ombros. Não quis nada de sobremesa, apenas se contentou com um café, que ele tomou fervendo, enquanto enchia o cachimbo.

– Pode continuar almoçando em paz. Depois faça o que eu disse e me mantenha informado.

Ele também estava se resfriando. Na entrada da P.J., o vento arrancou seu chapéu, que foi agarrado a tempo pelo guarda.

– Obrigado, meu velho.

No corredor do primeiro andar, ele observou curioso, através dos vidros da sala de espera, uma jovem de cerca de trinta anos, loira, de traços bem definidos, sentada calmamente com os braços sobre a bolsa.

– É a senhorita que gostaria de falar comigo?

– Comissário Maigret?

– Venha comigo... Sente-se...

Ele tirou o sobretudo, o chapéu, sentou-se em sua cadeira e observou a moça de novo. Sem esperar que ele fizesse alguma pergunta, ela começou a falar num tom de voz tranquilo:

– Eu me chamo Louise Bourges e sou a secretária particular do sr. Fumal.

– Há quanto tempo?

– Três anos.

– A senhorita mora no Boulevard de Courcelles, na mansão do seu chefe?

– Sim, mas também tenho um pequeno apartamento no Quai Voltaire.

– E por que a senhorita resolveu me procurar?

– Acredito que o sr. Fumal tenha vindo até aqui hoje de manhã.

– Ele comentou isso com a senhorita?

– Não. Eu o ouvi telefonar ao ministro do Interior.

– Ele telefonou ao ministro na sua frente?

– É claro. Não costumo ouvir conversas atrás das portas...

– A senhorita veio me perguntar algo a respeito da visita do sr. Fumal?

Ela fez que sim com a cabeça, depois ficou em silêncio por um tempo, até que disse:

– O sr. Fumal não sabe que estou aqui.

– Por onde é que ele anda a uma hora dessas?

– Ele está almoçando com alguns convidados num restaurante da Rive Gauche. Ele tem almoços de negócios praticamente todos os dias.

Maigret ouvia o que ela dizia sem se manifestar. Ele se perguntava como uma moça bonita de corpo, de traços benfeitos, harmoniosos, podia ser tão sem charme.

– Não quero tomar muito do seu tempo, sr. comissário. Eu não sei ao certo o que o sr. Fumal lhe contou. Imagino que ele tenha lhe mostrado algumas cartas.

– A senhorita leu essas cartas?

– Li a primeira e pelo menos uma das outras. A primeira fui eu mesma quem abriu. A outra ele deixou aberta sobre a escrivaninha.

– E como a senhorita sabe que são mais de duas?

– Porque sou eu que pego a correspondência. Reconheci a letra arredondada e o papel amarelado dos envelopes.

– O sr. Fumal comentou sobre as cartas com a senhorita?

– Não.

Ela hesitou ainda por um momento. Maigret a olhava de forma insistente. Por fim, ela disse:

– Creio que o senhor deveria saber que foi ele mesmo quem escreveu as cartas.

As suas bochechas haviam ficado coradas, mas ela parecia aliviada por ter conseguido dizer o que queria.

– E o que a faz pensar assim?

– Eu o surpreendi no momento em que ele estava para escrever uma delas. Eu nunca bato antes de entrar no escritório. Essa é uma determinação dele. Naquele dia, ele pensou que eu estivesse na rua, mas tive de voltar para pegar um documento que eu havia esquecido. Quando entrei no escritório, eu o vi escrevendo com o mesmo tipo de letra arredondada numa folha de papel.

– Que dia foi isso?

– Anteontem.

– Ele ficou irritado?

– Ele escondeu a folha com um mata-borrão. Ontem, eu me perguntei onde é que ele teria comprado aquele papel e os envelopes. Não é o tipo de material que usamos no Boulevard de Courcelles nem nos escritórios da Rue Rambuteau. Como o senhor deve ter percebido, é um tipo de papel comum, que se vende aos maços em tabacarias. Quando ele saiu, procurei pelo escritório para ver se encontrava alguma folha.

– E encontrou?

Ela abriu a bolsa, tirando uma folha de papel e um envelope amarelado, que alcançou a Maigret.

– Onde foi que a senhorita encontrou esse material?

– Num armário em que guardamos apenas velhos documentos sem utilidade.

– E por que a senhorita resolveu vir aqui me contar tudo isso?

A pergunta desconcertou-a por um momento, mas ela em seguida retomou a calma e respondeu com voz clara, inclusive com uma ponta de ousadia:

– Para me proteger.

– De quem?

– Dele.

– Não estou entendendo.

– O senhor não o conhece como eu o conheço.

Ela não imaginava que Maigret o conhecia de muito mais tempo!

– O que a senhorita quer dizer?

– Ele não dá ponto sem nó, o senhor entende? Ele não escreveria essas cartas para si mesmo sem nenhum motivo. E muito menos ligaria para o ministro do Interior e depois viria aqui...

O raciocínio dela parecia correto.

– O senhor acredita que existam pessoas más de verdade? Pessoas que sintam prazer em praticar o mal?

Maigret não respondeu.

– Ele é assim! Ele emprega, direta ou indiretamente, centenas de pessoas e faz questão de dificultar ao máximo a vida de todas elas. Além disso, é esperto. É quase impossível esconder algo dele. Ele paga mal aos próprios gerentes, só pelo prazer de surpreendê-los assim que tentam fazer alguma trapaça em benefício próprio. Na Rue Rambuteau, havia um velho tesoureiro, um homem doente, com seis ou sete filhos, a quem ele detestava sem nenhum motivo. O tesoureiro ficou lá por cerca de trinta anos, como uma espécie de escravo, que só de ver o patrão já começava a tremer. Quando seu estado de saúde se agravou, o sr. Fumal resolveu dar um jeito de colocá-lo na rua, sem precisar pagar nenhum tipo de indenização. Para isso, o sr. Fumal foi ao escritório da Rue Rambuteau, à noite, e tirou uma certa quantia em dinheiro do cofre, cuja chave só ele e o tesoureiro tinham. No dia seguinte, colocou essas notas no bolso do casaco que o empregado deixava pendurado na parede da sala. Mais tarde, ele pediu que o empregado abrisse o cofre. O senhor pode adivinhar o resto. O velho tesoureiro chorava como criança e chegou a se ajoelhar. Foi uma cena atroz. No último minuto, o sr. Fumal ameaçou chamar a polícia, de modo que o pobre homem foi embora ainda dizendo obrigado. Agora o senhor entende por que tenho de me proteger?

Maigret murmurou cansado:

– Entendo.

– O que lhe contei é apenas um exemplo. Existem outros. Ele não faz nada sem motivo, e seus motivos são sempre imprevisíveis.

– A senhorita acredita que ele se sinta ameaçado?

– É claro. Ele vive com medo. Pode parecer estranho, mas essa é a razão por que ele me proibiu de bater à porta do escritório. Ele tem um sobressalto a cada vez que batem na porta sem que esteja prevenido.

– Então existem pessoas que teriam motivo para matá-lo?

– Sim, muitas.

– Em suma, todos os que trabalham para ele?

– E também aqueles com quem ele tem negócios. Ele arruinou dezenas de pequenos açougueiros que não queriam se unir a ele. O sr. Gaillardin, por exemplo.

– A senhorita o conhece?

– Sim.

– Que tipo de homem ele é?

– Um homem admirável. Ele mora num belo apartamento na Rue François-Ier com uma amante cerca de vinte anos mais jovem. Ele tinha um negócio lucrativo e vivia muito bem, até o momento em que o sr. Fumal resolveu fundar as Bouchers Associés. É uma longa história. Eles brigaram durante quase dois anos, mas no final o sr. Gaillardin foi obrigado a ceder.

– A senhorita não gosta do sr. Fumal?

– Não.

– E por que continua trabalhando para ele?

Pela segunda vez, as suas bochechas coraram, mas ela manteve a calma.

– Por causa de Félix.

– Quem é Félix?

– O motorista.

– A senhorita é amante do motorista?

– Se o senhor quer pôr as coisas nesses termos... Na verdade, também somos noivos e pretendemos casar assim que juntarmos o suficiente para comprar uma pousada em Giens.

– E por que em Giens?

– Por que nós dois nascemos nessa cidade.

– Vocês se conheciam antes de vir a Paris?

– Não. Nós nos conhecemos no Boulevard des Courcelles.

– O sr. Fumal sabe dos planos de vocês?

– Espero que não.

– E da relação de vocês?

– Imagino que sim. Ele não é um homem de quem se consiga esconder as coisas, e tenho a impressão de que ele andou nos espionando. Ele deve ficar quieto até o momento em que possa usar isso contra nós.

– Félix também tem a mesma opinião?

– Certamente.

Era preciso admitir que a moça parecia honesta em sua franqueza.

– O sr. Fumal tem uma esposa, não?

– Sim. Eles são casados há muito tempo.

– E como ela é?

– Como o senhor imagina que ela seja, casada com um homem como ele? Ele a aterroriza.

– Como assim?

– Ela vive na mansão como se fosse uma sombra. Ele entra e sai com amigos ou relações de negócios. Ele a trata como uma empregada. Nunca a leva a lugar nenhum, a restaurantes ou ao teatro. No verão, ele a manda passar as férias numa cabana na montanha.

– Ela é bonita?

– Não. O pai dela era um dos açougueiros mais importantes de Paris. Ele tinha uma loja na Rue du Faubourg-Saint-Honoré, quando o sr. Fumal ainda não era rico.

– A senhorita pensa que ela sofre?

– Não. Ela se tornou indiferente a tudo. Ela dorme, bebe, lê romances e às vezes vai sozinha ao cinema mais próximo.

– Ela é mais jovem do que ele?

– Provavelmente, mas não dá para perceber.

– Gostaria de me dizer mais alguma coisa?

– É melhor eu voltar agora, assim estarei no escritório quando ele chegar ao Boulevard de Courcelles.

– A senhorita faz as refeições lá?

– Quase todos os dias.

– Com os outros empregados?

Pela terceira vez, ela ficou vermelha e fez que sim com a cabeça.

– Eu lhe agradeço, senhorita. Com certeza, passarei na mansão esta tarde.

– O senhor não vai contar a ele que...

– Não, pode ficar tranquila.

– Mas ele é muito esperto...

– Eu também!

Ele a observou afastar-se pelo longo corredor até a escada, onde desapareceu.

Por que diabos Ferdinand Fumal se enviava cartas ameaçadoras e depois vinha pedir ajuda à polícia? Maigret teve de repente uma ideia, mas ela lhe pareceu simples demais.

Fumal tinha muitos inimigos. Alguns deviam querê-lo morto. E se recentemente ele tivesse irritado algum deles mais do que deveria?

Ele não teria coragem de ir até a polícia e dizer:

– Sou um mau-caráter. Uma das pessoas que prejudiquei pretende me matar. Protejam-me.

Ele inventara um subterfúgio. Enviava a si mesmo cartas anônimas que levaria indignado ao comissário.

Seria isso? Ou será que a mentirosa era a srta. Bourges?

Maigret, divagando sobre essas ideias, desceu as escadas que levavam ao laboratório. Moers estava trabalhando nas cartas, e Maigret deu a ele a folha de papel e o envelope que a secretária acabara de lhe entregar.

– Você descobriu alguma coisa?

– Impressões digitais.

– De quem?

– De três pessoas. Primeiro, as de um homem que não conheço, de dedos grandes e gordos, depois as de Lucas e as do senhor.

– Só isso?

– Sim.

– Essa folha e esse envelope são idênticos aos outros?

Moers deu uma olhada rápida no material e disse que sim.

– Não cheguei a determinar as impressões digitais dos envelopes. Há sempre muitas, a começar pelas do carteiro.

Quando Maigret voltou ao seu gabinete, teve vontade de mandar Fumal pastar, ele e toda aquela história. Como ele iria proteger um homem que circula por toda a Paris? Só se o comissário mobilizasse uma dúzia de inspetores...

– Miserável – murmurou Maigret entre os dentes.

Telefonaram a ele para falar da sra. Britt. Era a respeito de uma pista que estavam seguindo há dois dias, mas que não havia dado em nada.

Maigret foi anunciar na sala dos inspetores:

– Se procurarem por mim, volto em uma ou duas horas.

Maigret entrou num dos carros pretos da P.J. e disse ao motorista:

– Boulevard de Courcelles, número 58.

Chovia de novo. Era visível no rosto dos passantes o quanto eles estavam cansados de patinar na chuva fria e na lama.

A mansão, construída no final do século XIX, era espaçosa, com uma entrada para carros, grades nas janelas do térreo e janelas enormes, muito altas, no piso superior. Maigret tocou uma campainha de cobre, e um criado vestindo um colete listrado veio abrir-lhe a porta.

– É a residência do sr. Fumal?

– Ele não está.

– Nesse caso, gostaria de falar com a sra. Fumal.

– Não sei se ela poderá recebê-lo.

– Diga que é o comissário Maigret.

Nos fundos do pátio, viam-se velhas estrebarias que agora serviam de garagem. A presença de dois carros indicava que o antigo açougueiro devia ter pelo menos três.

– Queira me acompanhar, por favor...

Uma ampla escadaria com balaustrada esculpida levava ao primeiro andar, onde duas estátuas de mármore pareciam vigiar o patamar. Maigret teve de esperar sentado em uma desconfortável cadeira renascença, enquanto o criado continuou subindo e desapareceu por um bom tempo.

O comissário podia ouvir os cochichos do andar de cima. Ouvia-se também o barulho distante de uma máquina de escrever. A srta. Bourges devia estar trabalhando.

– A madame vai recebê-lo em seguida. Ela pede que o senhor espere só mais um momento...

O criado voltou ao térreo, e se passaram mais quinze minutos até que uma arrumadeira viesse chamar o comissário.

– Comissário Maigret? Me acompanhe, por favor...

A atmosfera era tão impessoal quanto a de um prédio público. Havia muito espaço, mas pouca vida, e as vozes ecoavam pelas paredes pintadas que imitavam mármore.

Maigret foi levado a um velho salão, onde um piano de cauda estava rodeado de no mínimo quinze cadeiras cujo tecido começava a desbotar. Ele esperou ainda mais um pouco e por fim apareceu uma mulher.

Vestida num robe, com os olhos sem expressão, o rosto inchado e muito pálido em meio aos cabelos pintados de preto, ela mais parecia um fantasma.

– Peço desculpas por deixá-lo esperando...

Ela falava como se estivesse sonâmbula.

– Sente-se, por favor. O senhor tem certeza de que é comigo que quer falar?

Louise Bourges havia dito a verdade quando se referira à bebida, mas o quadro ia bem além do que o comissário poderia imaginar. O olhar da mulher diante dele era um olhar cansado, mas também resignado, sem tristeza. Ela parecia viver em outra esfera.

– O seu marido procurou-me hoje de manhã. Parece que ele está sendo ameaçado de morte.

Ela não estremeceu. Apenas lançou a ele um olhar surpreso e um pouco forçado.

– Ele não contou isso à senhora?

– Ele não me conta nada.

– A senhora sabe se ele tem inimigos?

Era como se as palavras tivessem de fazer um longo caminho para chegar ao cérebro dela, e era preciso também um tempo para que a resposta tomasse forma.

– Imagino que tenha... – murmurou ela por fim.

– A senhora casou por amor?

A pergunta não lhe pareceu compreensível, e ela se limitou a responder:

– Eu não sei.

– A senhora tem filhos?

Ela sacudiu a cabeça negativamente.

– Seu marido desejava ter algum?

Ela repetiu:

– Eu não sei.

Depois ela acrescentou de maneira apática:

– Imagino que sim.

O que mais ele poderia perguntar à mulher? Ela parecia incomunicável, como se vivesse num universo diferente, num mundo à parte.

– Acho que interrompi a sua sesta.

– Não. Eu não faço sesta.

– Bem, acho melhor eu ir...

Não havia mais nada a fazer senão se retirar. Era o que Maigret estava prestes a fazer quando a porta se abriu com violência.

– O que você está fazendo aqui? – perguntou Fumal, irado.

– Isso mesmo que o senhor está vendo. Conversando com a sua mulher.

– Disseram-me que um dos seus homens está lá embaixo interrogando meus empregados. E agora encontro você aqui atormentando a minha mulher...

– Um momento. Foi o senhor quem veio me procurar...

– Mas não lhe dei o direito de vir se intrometer na minha vida particular.

Maigret despediu-se da mulher, que os observava atônita:

– Peço desculpas à senhora. Espero não tê-la incomodado.

Fumal acompanhou-o até a escada.

– O que foi que vocês conversaram?

– Perguntei se ela conhecia algum inimigo do senhor.

– E o que foi que ela respondeu?

– Que ela não conhecia nenhum, mas que era provável que o senhor tivesse vários.

– E que importância tem isso para a sua investigação?

– Nenhuma.

– Mas e então?

– Então o quê?

Maigret teve vontade de lhe perguntar por que ele enviava cartas anônimas a si mesmo, mas lhe pareceu que aquela ainda não era a hora de tocar no assunto.

– Há mais alguém nessa casa que você gostaria de interrogar?

– Um dos meus inspetores deve estar fazendo isso. Esse que está aí embaixo. Se o senhor quer mesmo ser protegido, o melhor é que um dos meus homens o siga em suas idas e vindas pela cidade. Estaremos vigiando a casa, mas quando o senhor for à Rue Rambuteau...

Os dois estavam na escada. Fumal parecia refletir e olhava desconfiado para Maigret.

– A partir de quando isso vai começar?

– Quando o senhor quiser.

– Amanhã de manhã?

– Certo. Enviarei alguém aqui amanhã de manhã. A que horas o senhor costuma sair?

– Isso depende do dia. Amanhã, às oito horas, vou à Place de la Villette.

– Um inspetor virá aqui às sete e meia.

Quando eles chegaram ao térreo, um homem que acabara de entrar na casa caminhou na direção deles. Era pequeno e calvo, estava todo vestido de preto e trazia o chapéu na mão. Ele parecia conhecer bem o lugar e lançou a Maigret, depois a Fumal, um olhar interrogador.

– Esse é o comissário Maigret, Joseph. Estou tratando com ele de um assunto particular.

Depois Fumal disse ao comissário:

– Esse é Joseph Goldman, o homem que cuida dos meus negócios. Ele é o meu braço direito.

Joseph trazia uma pasta preta de couro debaixo do braço. Os dentes estragados apareciam através do sorriso.

– Eu me despeço do senhor aqui, comissário. Victor vai levá-lo até a porta.

Victor era o criado de colete listrado, que esperava por Maigret ao pé da escada.

– Ficarei esperando pelo inspetor amanhã de manhã.

– Vou enviá-lo no horário combinado – respondeu Maigret.

Maigret nunca se sentira tão impotente. As coisas pareciam todas irreais, a começar pela mansão! O criado de colete listrado sorria-lhe de uma forma estranha ao fechar a porta.

De volta ao Quai des Orfèvres, Maigret pensou em quem ele enviaria na manhã seguinte para acompanhar Fumal. Acabou escolhendo Lapointe, a quem deu as seguintes instruções:

– Esteja lá às sete e meia. Acompanhe-o sempre. Ele deve levar você junto dentro do carro. É possível que ele seja desagradável.

– Por quê?

– Por que é o jeito dele. Procure não se irritar.

Ele tinha de tratar agora do caso da velha inglesa. Alguém a teria visto em Maubeuge. O provável é que não fosse ela. Eram muitas as pistas falsas. Senhoras inglesas eram vistas por toda a França.

Vacher telefonou a Maigret:

– O que eu devo fazer? Devo ficar dentro ou fora da mansão?

– Tanto faz. Fique onde preferir.

– Apesar da chuva, acho melhor eu ficar do lado de fora.

Vacher também não tinha gostado da atmosfera da mansão do Boulevard de Courcelles.

– Vou pedir que alguém vá até aí assumir o seu lugar por volta da meia-noite.

– Está bem, chefe. Obrigado.

Maigret jantou em casa. Naquela noite, sua mulher não teve dor de dente e dormiu até as sete e meia da manhã. Ela levou para ele na cama uma xícara de café, e o primeiro olhar do comissário foi para a janela, que mostrava um céu tão carregado como o dos dias anteriores.

Ele tinha acabado de entrar no banheiro quando o telefone tocou. Ele ouviu a voz da sra. Maigret:

– Sim... Sim... Um instante, sr. Lapointe...

Só podia ter acontecido o pior. Às sete e meia da manhã, Lapointe devia ter ido ao Boulevard de Courcelles encontrar com Fumal. Se ele estava ligando...

– Alô... Sou eu...

– Escute, chefe... Aconteceu...

– Morto?

– Sim.

– Mas como?

– Não sei. Talvez envenenado. Não há nenhum ferimento aparente. Não tive tempo de examiná-lo. O médico ainda não chegou.

– Já estou indo!

Parecia mesmo que a visita de Fumal só lhe traria problemas...

CAPÍTULO III

O passado do criado e o locatário do terceiro andar.

Ao fazer a barba, Maigret sentia-se culpado. Talvez justamente por causa da antipatia que ele sentia por Fumal. Ele se perguntava se tinha de fato cumprido o com seu dever. Afinal de contas, mesmo se comportando de forma grosseira, usando a influência do ministro e fazendo ao comissário ameaças veladas, o açougueiro o procurara para pedir proteção.

O comissário tinha a obrigação de cumprir o seu trabalho. Será que ele fizera tudo o que podia? Ele fora até o Boulevard de Courcelles, mas não se dera ao trabalho de verificar todas as portas, os acessos. Ele deixara para o outro dia essa tarefa, bem como aquela de interrogar cada um dos empregados.

Um de seus inspetores vigiava a casa. Às sete e meia da manhã, se Fumal não tivesse sido morto, Lapointe estaria ao lado dele, e Lucas daria continuidade à investigação nos escritórios da Rue Rambuteau.

Teria Maigret agido de outra maneira se uma pessoa diferente o tivesse procurado? Se não tivesse sido alguém de quem ele guardava, desde a infância, uma má impressão? Se tivesse sido outro industrial importante de Paris?

Antes de tomar o café da manhã, Maigret telefonou ao Ministério Público e depois ao Quai des Orfèvres.

– Você não vai pedir que enviem um motorista? – perguntou sra. Maigret.

– Vou pegar um táxi.

As ruas estavam quase vazias. De vez em quando, alguma pessoa saía apressadamente de uma estação de metrô e entrava em um prédio. O carro do médico estava estacionado na frente do número 58 do Boulevard de Courcelles. Logo que o comissário tocou a campainha, vieram abrir a porta.

O criado do dia anterior não tinha tido tempo de se barbear, mas já estava usando o seu colete amarelo de listras pretas. Ele tinha sobrancelhas espessas que lembravam Maigret de algo que o comissário não sabia o que era.

– Onde é que ele está? – perguntou Maigret.

– No escritório, senhor, no primeiro andar.

O comissário resolveu deixar para conversar com aquele homem intrigante mais tarde. Ele subiu as escadas ao encontro de Lapointe, que o esperava no patamar.

– Eu me enganei, chefe. Peço desculpas. Na posição em que ele estava quando eu o vi, era impossível enxergar o ferimento.

– Ele não foi envenenado?

– Não. Ao virá-lo, o doutor descobriu uma chaga aberta nas costas, à altura do coração. Dispararam à queima-roupa.

– Onde está a mulher dele?

– Não sei. Ela não apareceu.

– E a secretária?

– Ela deve estar por lá. Venha comigo que lhe mostro o caminho...

Do lado da fachada que dava para as grades do Parc Monceau, um enorme salão dava a impressão de uma peça que jamais tinha sido usada. O salão permanecia úmido, apesar do aquecimento central.

Seguindo por um corredor, cujo piso era coberto por um tapete vermelho, havia logo à direita um escritório, não muito grande, ao fundo do qual Louise Bourges estava de pé diante da janela. Uma empregada estava ao lado dela. Elas interromperam a conversa, e Louise Bourges olhou para Maigret com certa ansiedade. Ela devia se perguntar como é que o comissário iria tratá-la a partir daquele momento.

– Onde ele está? – perguntou, Maigret.

Louise Bourges apontou para uma porta:

– Lá.

Era um segundo escritório, mais amplo, mobiliado em estilo império e com o piso igualmente coberto por um tapete vermelho. Um corpo estava estendido próximo de uma poltrona e, ao lado dele, estava ajoelhado um médico que Maigret não conhecia.

– Disseram-me que foi um tiro à queima-roupa...

O doutor fez que sim com a cabeça. O comissário já tinha observado que o morto não estava vestido para dormir e usava a mesma roupa do dia anterior.

– A que horas atiraram nele?

– Pelo que parece, à primeira vista, entre onze horas e meia-noite.

Maigret não podia deixar de pensar na cidadezinha de Saint-Fiacre, no pátio do colégio, no menino gordo de quem ninguém gostava e que tinham apelidado de Bumbum ou, ainda, de Bala de Goma.

Ao virá-lo, o médico deixara o corpo numa posição esquisita. O braço estendido do morto parecia apontar para um canto da peça, onde não havia nada senão uma ninfa de mármore amarelo sobre um pedestal.

– Ele morreu na hora?

O tamanho do ferimento não deixava nenhuma dúvida de que sim. Porém, o comissário não estava à vontade e fez a pergunta quase automaticamente. Para ele, aquele caso não era como qualquer outro.

– A mulher dele foi avisada?

– Acho que sim.

Maigret voltou à peça onde estava a secretária e repetiu-lhe a mesma pergunta:

– A mulher dele foi avisada?

– Sim. Noémi foi dar a notícia a ela.

– Ela não desceu?

Ele começava a se dar conta de que nada ali funcionava como em outras casas.

– Qual foi a última vez que a senhorita o viu?

– Ontem à noite, por volta das nove horas.

– Foi ele quem a chamou?

– Sim.

– E por quê?

– Ele queria ditar algumas cartas. Tenho as anotações estenográficas num caderno. Ainda não as datilografei.

– São cartas importantes?

– Não têm nada de especial. São como as outras que por vezes ele me dita à noite.

Sem que ela precisasse acrescentar mais nada, Maigret pôde compreender o que ela queria dizer: o patrão a chamava fora do horário de trabalho apenas para lhe complicar a vida. Não era esse o principal prazer de Ferdinand Fumal, complicar a vida das pessoas que dependiam dele?

– Ele recebeu alguma visita?

– Não enquanto eu estava com ele.

– Ele não esperava ninguém?

– Acho que sim. Ele recebeu um telefonema e mandou-me para o meu quarto.

– A que horas foi isso?

– Nove e meia.

– A senhorita foi se deitar?

– Sim.

– Sozinha?

– Não.

– Onde fica o seu quarto?

– Junto com os dos outros empregados, sobre as antigas estrebarias que agora servem de garagem.

– O sr. Fumal e a mulher dele são os únicos que dormem na mansão?

– Não. Victor dorme num quarto do térreo.

– Ele é o criado que atende à porta?

– Sim, ele também se encarrega dos hóspedes, quando há algum, faz serviços na rua e cuida da casa.

– Ele não é casado?

– Não. Bem, não que eu saiba... O quarto dele tem uma claraboia que dá para o pórtico.

– Certo. Obrigado pelas informações.

– O que eu devo fazer?

– Esperar. Quando a correspondência chegar, traga-a para mim. Fico me perguntando se alguma carta anônima ainda está por vir.

Ela parecia ter ficado vermelha. Ouviram-se passos na escadaria. O substituto do procurador vinha acompanhado de um jovem juiz de instrução que se chamava Planche e com quem Maigret ainda não tinha trabalhado. O escrivão que os acompanhava estava resfriado. Logo depois deles, chegou o pessoal da Identificação Judiciária.

Louise Bourges continuava na sua sala, ao lado da janela, esperando que lhe dissessem o que fazer. Um pouco mais tarde, Maigret voltou a se dirigir a ela:

– Quem foi avisar a sra. Fumal?

– Noémi.

– É ela quem cuida das coisas da patroa?

– Ela é responsável pela arrumação do segundo andar. O quarto do sr. Fumal fica aqui no primeiro, numa peça ao lado do escritório dele.

– Vá lá ver por que ela ainda não desceu, por favor.

Como ela hesitasse, Maigret perguntou:

– Do que a senhorita tem medo?

– De nada...

Era mesmo de se esperar que a esposa do morto ainda não tivesse descido e que não se ouvisse nenhum barulho no andar superior.

Depois da chegada de Maigret, Lapointe, sem dizer nada, fez uma busca na casa para ver se encontrava alguma arma. Ele tinha entrado no quarto do sr. Fumal, que era amplo, mobiliado também em estilo império. Um pijama e um roupão estavam esticados sobre a cama.

Apesar do tamanho das janelas, a atmosfera dentro da casa era cinzenta. Apenas algumas lâmpadas estavam ligadas. Os fotógrafos, aqui e ali, preparavam as suas câmeras. Os funcionários do Ministério Público cochichavam num canto, esperando pela chegada do médico-legista.

– O senhor tem alguma pista, comissário?

– Nenhuma.

– O senhor o conhecia?

– Estudamos no mesmo colégio, na cidadezinha onde passei minha infância. Ele me fez uma visita ontem. Havia se encontrado com o ministro do Interior para pedir a nossa proteção.

– Que tipo de proteção?

– Ele vinha recebendo cartas anônimas.

– E vocês não fizeram nada?

– Um inspetor passou a noite na frente da casa, e um outro acompanharia o sr. Fumal durante a jornada de trabalho dele.

– Parece que a arma do crime não foi deixada na casa.

Lapointe não tinha encontrado nada. Nem os outros. Maigret, com as mãos nos bolsos, foi até a escada e desceu ao térreo, onde espiou pela claraboia mencionada pela secretária.

Parecia um quarto de zelador. A cama estava desarrumada. Havia ainda um armário de vidro, um fogareiro a gás, uma mesa, livros amontoados em uma prateleira. Sentado escarranchado, com os cotovelos apoiados sobre o encosto da sua cadeira, o criado olhava fixamente para frente, distraído.

O comissário deu uma batidinha no vidro, e o homem estremeceu. Ele ficou olhando atrapalhado para o inspetor, antes de se levantar e ir abrir a porta.

– O senhor me reconheceu? – perguntou o homem com um olhar ao mesmo tempo medroso e desconfiado.

Maigret tinha mesmo a impressão de que o conhecia, mas não se lembrava de onde.

– Eu reconheci o senhor imediatamente.

– Mas quem é você?

– O senhor não chegou a me conhecer, porque sou mais jovem. Quando nasci, o senhor já tinha ido embora.

– Ido embora?

– De Saint-Fiacre! O senhor não se lembra de Nicolas?

Maigret lembrava muito bem. Era um velho bêbado que trabalhava nas fazendas, no verão debulhava o trigo, nos domingos tocava o sino da igreja. Ele morava numa cabana na entrada do bosque e tinha o hábito estranho de comer corvos e doninhas.

– Sou filho dele.

– Ele morreu?

– Faz muito tempo.

– E você está em Paris desde quando?

– O senhor não viu nada nos jornais? Chegou a sair uma foto minha. Eu tive problemas por lá. Acabaram entendendo que eu não tinha feito nada de propósito.

Ele tinha cabelos espessos e uma testa pequena.

– Conte-me o que aconteceu.

– Eu caçava. Nunca neguei isso.

– E você matou um guarda?

– O senhor leu a respeito?

– Que guarda?

– Um jovem que o senhor não conheceu. Ele estava sempre na minha cola. Juro que não fiz de propósito. Eu espreitava uma corça quando ouvi um barulho no meio do mato...

– E, depois disso, como foi que você teve a ideia de vir a Paris?

– Eu não tive essa ideia...

– Fumal foi procurá-lo?

– Sim. Ele precisava de um homem de confiança. O senhor jamais retornou à região, mas as pessoas não se esqueceram do senhor. Elas têm orgulho do senhor. Mas ele, logo que conseguiu dinheiro, comprou o castelo de Saint-Fiacre...

Maigret sentiu o coração um pouco apertado. Ele nascera e vivera no castelo, mesmo que nos prédios adjacentes, e a condessa de Saint-Fiacre por um longo período representara para ele a figura de uma mulher ideal.

– Compreendo... – ele resmungou.

Fumal cercava-se de pessoas que pudesse manipular. O que ele precisava não era de um criado, mas de uma espécie de segurança, de um buldogue, e ele tinha trazido a Paris um homem que por pouco escapara das garras da justiça.

– Foi ele quem pagou o seu advogado?

– Como é que o senhor sabe?

– Conte-me o que aconteceu aqui ontem...

– Não aconteceu nada. O sr. Fumal não saiu de casa...

– A que horas ele chegou da rua?

– Um pouco antes das oito, para o jantar...

– Sozinho?

– Com a srta. Louise.

– Estacionaram o carro na garagem?

– Sim. Eles ficam sempre lá. Estão os três lá, agora.

– A secretária faz as refeições junto com os outros empregados?

– Ela prefere, por causa de Félix.

– Todo mundo sabe da relação dela com Félix?

– Não é difícil perceber o que se passa entre eles...

– O seu patrão também sabia?

Victor calou-se, e Maigret perguntou:

– Foi você quem contou a ele, não?

– Ele me perguntou...

– E você contou?

– Sim.

– Se estou entendendo bem, você contava a ele tudo o que acontecia na casa?

– Ele me pagava para isso.

– Voltando a ontem à noite, você saiu do seu quarto?

– Não. Germaine trouxe o meu jantar aqui.

– Como ocorre todas as noites?

– Sim.

– E quem é Germaine?

– A velha.

– Alguém veio até a mansão?

– O sr. Joseph retornou às nove e meia.

– Você quer dizer que ele mora na mansão?

– O senhor não sabia disso?

Maigret já imaginava.

– Conte-me mais. Onde fica o quarto dele?

– Não é um quarto, mas um apartamento que ocupa todo o terceiro andar. As peças têm águas-furtadas e são mais espaçosas do que aquelas em cima da garagem. Antes, eram os empregados que dormiam lá.

– E desde quando ele mora na mansão?

– Eu não sei. Isso foi antes de eu vir trabalhar aqui.

– E você está aqui desde quando?

– Faz cinco anos.

– Onde o sr. Joseph faz as refeições?

– Numa cervejaria do Boulevard des Batignolles.

– Ele é solteiro?

– Disseram que é viúvo.

– Ele nunca dorme fora de casa?

– Só quando está viajando, é claro.

– Ele viaja muito?

– É ele quem vai verificar as contas nas sucursais do interior.

– A que horas mesmo ele voltou ontem?

– Mais ou menos às nove e meia.

– E ele não voltou a sair?

– Não.

– Não veio mais ninguém aqui?

– O sr. Gaillardin.

– Como você o conhece?

– Ele vinha muitas vezes aqui. Era um amigo do patrão. Mas eles acabaram se desentendendo, e ontem foi a primeira vez que ele voltou a aparecer aqui depois de um bom tempo.

– Você deixou que ele entrasse?

– Essa foi a ordem do sr. Fumal. Há um interfone que conecta o meu quarto com o escritório.

– A que horas ele apareceu?

– Perto das dez horas. Eu não costumo olhar para o relógio. Quando quero saber que horas são, eu olho para o sol. Além disso, os relógios aqui estão sempre dez minutos adiantados.

– Quanto tempo ele ficou na mansão?

– Acho que quinze minutos.

– Você o conduziu até a porta?

– Não, eu abri a porta apertando o botão da parede do meu quarto.

– E você viu se ele realmente chegou a sair?

– Vi sim.

– Viu bem que era ele?

– Bom...

Victor começava a ficar inquieto.

– Isso depende do que o senhor quer dizer. O pórtico não é muito bem-iluminado. Eu o vi através do vidro. Mas eu o reconheci sim, estou certo de que era ele!

– Mas você não pôde reparar se havia algo de errado com ele... se ele estava nervoso, por exemplo...

– Não, isso eu não vi.

– Depois disso, o sr. Fumal não o chamou pelo interfone?

– Por quê?

– Responda à pergunta.

– Não... Acho que não... Espere... Não... Eu acabei dormindo. Li uma parte do jornal na cama e depois apaguei a luz.

– Então, depois de Gaillardin, ninguém mais entrou na mansão?

Victor abriu a boca. Ele parecia estar em dúvida.

– Alguém entrou na mansão depois dele, sim ou não?

– Não, mas é possível que... É difícil explicar a vida dos outros assim, em poucos minutos... Eu não sei nem mesmo o que o senhor sabe...

– Seja claro!

– Eu não sei o que foi que contaram para o senhor lá em cima...

– Quem me contou o quê?

– A srta. Louise, ou Noémi, Germaine...

– Alguém poderia ter entrado na mansão ontem à noite sem que você soubesse?

– Certamente!

– Quem?

– Em primeiro lugar, o patrão, que poderia sair e voltar a hora que bem entendesse. Há uma porta que dá para a Rue de Prony. É a antiga entrada de serviço, e o sr. Fumal tem a chave.

– Ele costumava usar essa saída?

– Acho que não, mas não sei ao certo.

– Quem mais tem a chave dessa porta?

– O sr. Joseph deve ter, porque já aconteceu de eu vê-lo sair por aqui de manhã, sem que eu o tivesse visto retornar na noite anterior.

– Quem mais?

– Provavelmente a pombinha.

– Pombinha?

– A moreninha que está com ele agora, que mora na Rue de l'Étoile. Não me lembro do nome dela.

– Ela veio aqui na noite passada?

– Eu já lhe disse que não sei. Isso já aconteceu comigo uma vez, por causa daquela história do guarda que lhe contei... Fizeram tantas perguntas que acabei dizendo coisas que não eram verdade. Depois me obrigaram a assinar sob o que eu havia dito e usaram tudo contra mim...

– Você gosta do seu patrão?

– Que diferença isso faz?

– Prefere não responder a essa pergunta?

– Eu disse apenas que este é um problema meu que nada tem a ver com o que aconteceu.

– Se você pensa assim...

– Estou falando dessa forma porque...

– Eu entendi.

Era melhor não insistir, e Maigret resolveu voltar ao primeiro andar.

– A sra. Fumal ainda não desceu? – perguntou ele à secretária.

– Ela não quer vê-lo antes que o preparem para o velório.

– Como ela está?

– Como sempre.

– Ela não ficou surpresa?

Louise Bourges deu de ombros. Ela estava mais nervosa do que no dia anterior, e Maigret a surpreendeu várias vezes roendo as unhas.

– Não encontrei nenhuma arma, chefe. Querem saber se podem levar o corpo ao Instituto Médico Legal.

– O que disse o juiz de instrução?

– Ele está de acordo que o levem.

– Nesse caso, eu também.

Victor, naquele momento, trazia a correspondência e hesitava em se dirigir à srta. Louise Bourges.

– Me entregue isso aqui! – interveio Maigret.

Havia menos cartas do que ele imaginava. A maior parte da correspondência devia ser endereçada aos escritórios. Ali chegavam agora contas para pagar, dois ou três convites para festas beneficentes, uma carta de um procurador de Nevers e, por fim, um envelope que o comissário imediatamente reconheceu. Louise Borges o espiava de longe.

O endereço estava escrito a lápis. Em um papel barato, vinham traçadas apenas duas palavras:

Último aviso.

Não era engraçado?

Naquele momento, Ferdinand Fumal, estendido numa maca, deixava a mansão do Boulevard de Courcelles. No Parc Monceau, em frente, a chuva acumulada pingava da copa das árvores.

– Procure o telefone de um tal de Gaillardin, que mora na Rue François-Ier.

Foi a secretária quem alcançou o guia a Lapointe.

– Roger Gaillardin? – perguntou Lapointe.

– Sim. Ligue para ele.

Não foi um homem que atendeu do outro lado.

– Desculpe incomodar, madame... Gostaria de falar com o sr. Gaillardin... Sim... Como?... Ele saiu?...

Lapointe lançou a Maigret um olhar de interrogação.

– É realmente urgente... Ele está no escritório?... Viajando? Um momento... Não desligue, por favor...

– Pergunte se ele dormiu em casa.

– Alô? Pode me dizer se o sr. Gaillardin dormiu em casa?... Não?... Qual foi a última vez que a senhora o viu?... Vocês jantaram juntos?... No *Fouquet's*?... A que horas ele foi embora?... Não estou ouvindo direito... Um pouco antes das nove e meia... Não disse aonde ia... Entendo... Sim... Obrigado... Não! Não precisa dar nenhum recado...

Lapointe explicou a Maigret:

– Pelo que entendi, foi a amante dele quem atendeu. Parece que ele não dá a ela muitas satisfações de onde vai ou deixa de ir.

Dois inspetores, que já haviam chegado há algum tempo, davam uma ajuda aos agentes da Identidade Judiciária.

– Você, Neveu, vá até a Rue François Ier... O endereço está no guia telefônico... Gaillardin... Tente descobrir se ele saiu levando as malas, se ele já tinha planejado a viagem... Veja se encontra alguma fotografia dele... Informe as estações e os aeroportos para que possam identificá-lo...

Tudo parecia fácil demais, e Maigret não ousava acreditar.

– Você sabia – perguntou Maigret à Louise Bourges – que Gaillardin visitaria o seu patrão ontem à noite?

– Como eu disse ao senhor, eu sabia que alguém havia ligado e que ele tinha respondido qualquer coisa como: "Está bem".

– Como estava o humor dele?

– Era o mesmo de sempre.

– Era comum que o sr. Joseph descesse para falar com ele à noite?

– Acho que sim.

– Onde está o sr. Joseph nesse momento?

– Está lá em cima.

Se ele estava de fato lá um momento antes, agora já não estava mais, pois passou pelo patamar olhando ao redor com uma cara de assustado.

Depois de todas as idas e vindas que tinham revirado a mansão de cabeça para o ar, era inusitado ver aquele homem grisalho sair da escadaria e perguntar como se nada tivesse acontecido:

– O que está acontecendo?

– Onde o senhor estava que não ouviu nada? – perguntou Maigret, bruscamente.

– Ouviu o quê? Onde está o sr. Fumal?

– Ele está morto.

– Como?

– Estou dizendo que ele está morto. O corpo até já foi levado! O senhor tem um sono pesado?

– Eu durmo como todo mundo.

– Estão fazendo barulho por aqui desde as sete e meia da manhã. O senhor não ouviu nada?

– Ouvi barulho quando alguém foi falar com a sra. Fumal, no andar abaixo do meu.

– A que horas o senhor foi dormir ontem?

– Mais ou menos às dez e meia.

– Qual foi a última vez que o senhor viu o seu patrão?

O homenzinho continuava sem entender o que estava acontecendo.

– Mas que tipo de pergunta é essa?

– Meu senhor, o seu patrão foi assassinado. O senhor desceu para falar com ele depois do jantar?

– Não desci. Eu passei para falar com ele quando cheguei em casa.

– A que horas?

– Mais ou menos às nove e meia.

– E depois disso?

– Subi para o meu quarto, trabalhei por cerca de uma hora e depois me deitei.

– O senhor não escutou nenhum tiro?

– Lá de cima não se escuta nada do que se passa nesse andar.

– O senhor tem alguma arma?

– Eu? Em toda a minha vida, nunca sequer toquei numa arma. Não prestei sequer o serviço militar.

– O senhor sabia que Fumal tinha um revólver?

– Uma vez ele me mostrou.

Haviam finalmente encontrado, debaixo de papéis em uma gaveta da mesa de cabeceira, uma pistola automática de fabricação belga. Mas ela parecia não ter sido usada há anos e, portanto, não poderia estar relacionada ao crime.

– O senhor sabia que Fumal esperava uma visita?

Naquela casa, não se respondia diretamente a perguntas. Havia sempre um tempo morto, como se os interrogados repetissem para si mesmo a pergunta duas ou três vezes a fim de poderem entendê-la.

– Visita de quem?

– Não se faça de idiota, sr. Joseph. Aliás, qual é todo o seu nome?

– Joseph Goldman. Disseram-lhe isso ontem, quando fomos apresentados.

– O que o senhor fazia antes de começar a trabalhar para o sr. Fumal?

– Trabalhei como oficial de justiça por 22 anos. E eu não trabalhava para o sr. Fumal. O senhor fala de mim como se eu fosse um dos empregados dele. Na verdade, eu era um amigo, um conselheiro.

– Quer dizer que o senhor ajudava a maquiar as canalhices que ele fazia?

– É melhor o senhor ter mais cuidado com o que diz. Há testemunhas aqui.

– E daí?

– Eu poderia exigir que o senhor apresentasse evidências das acusações que está fazendo.

– O sr. Gaillardin esteve aqui ontem. O senhor sabe algo a respeito dessa visita?

O homenzinho grisalho pinçou o lábio inferior entre os dedos. Os gestos dele pareciam todos calculados.

– Não sei de nada.

– Suponho que o senhor também nada saiba a respeito de uma tal Martine que mora na Rue de l'Étoile e que tem, provavelmente como o senhor, a chave da antiga porta de serviço da mansão?

– Não é um assunto que seja do meu interesse.

Não fazia nem uma hora e meia que Maigret estava na mansão, e ele já se sentia sufocado. Sentia falta do ar da rua, por mais úmido que fosse.

– Eu vou pedir ao senhor que não saia da mansão.

– Mas eu teria de ir aos escritórios da Rue Rambuteau. Estão me esperando para uma reunião importante. O senhor parece não saber que somos responsáveis por boa parte do abastecimento de carne em Paris...

– Vou pedir a um dos meus inspetores que o acompanhe.

– O que o senhor está insinuando?

– Nada. Não estou insinuando coisa alguma! – respondeu Maigret, irritado.

O pessoal do Ministério Público tinha acabado de redigir as atas. O juiz Planche perguntou ao comissário:

– O senhor foi falar com ela?

Ele falava, evidentemente, da sra. Fumal.

– Ainda não.

Era preciso ir lá. Era preciso também interrogar Félix e os outros empregados da casa. Era preciso encontrar Roger Gaillardin e interrogar essa tal Martine Gilloux, que talvez tivesse uma chave para entrar na mansão.

Por fim, seria preciso descobrir, tanto nos escritórios da Rue Rambuteau quanto naqueles da Place de la Villette, pessoas dispostas a depor...

Maigret sentia-se desencorajado. Era como se tudo tivesse começado mal. Fumal tinha ido pedir proteção ao comissário. O comissário não havia acreditado nele, e Fumal tinha sido morto com um tiro nas costas. O ministro do Interior deveria ligar a qualquer momento ao diretor da P.J.

Ele já tinha problemas o bastante com o desaparecimento da inglesa.

Louise Bourges olhava para Maigret, tentando adivinhar o que se passava na cabeça dele. O comissário pensava justamente nela. Ele se perguntava se ela tinha mesmo visto o patrão escrever as cartas anônimas.

Se ela não tivesse visto, então tudo seria diferente.

CAPÍTULO IV

A mulher embriagada e o fotógrafo de passos silenciosos.

TRINTA ANOS ATRÁS, QUANDO Maigret, recém-casado, era ainda secretário no comissariado Rochechouart, sua mulher costumava ir encontrá-lo no trabalho ao meio-dia. Os dois contentavam-se com um almoço rápido a fim de poderem passear pelas ruas e bulevares. Maigret se lembrava de ter ido com ela a esse mesmo Parc Monceau, que ele via agora cinzento, pela janela.

Naquela época, havia mais babás do que agora, quase todas elas vestidas em uniformes elegantes. Os carrinhos de bebês tinham uma aparência luxuosa. Não fazia muito que tinham pintado, de amarelo, os bancos das alamedas. Uma senhora, usando um chapéu enfeitado de violetas, dava pão aos pássaros.

– Quando eu for comissário... – dizia ele brincando.

E ambos observavam, através das grades de ferro de pontas douradas, brilhando sob o sol, os imóveis luxuosos do bairro, atrás de cujas janelas eles imaginavam uma vida elegante e harmoniosa.

Dia após dia, em Paris, Maigret descobrira realidades por vezes brutais atrás das aparências, e mesmo assim ele jamais abandonara totalmente certas imagens com que ele sonhava na infância e na adolescência.

Não tinha dito ele uma vez que gostaria de remendar a vida das pessoas, ajeitar o destino delas para que o mundo pudesse se assemelhar às estampas coloridas de Jean-Charles Pellerin?*

Nas outras mansões suntuosas que ainda cercavam o parque, é provável que houvesse mais dramas do que harmonia doméstica. No entanto, raramente Maigret tivera de respirar uma atmosfera tão sufocante como a daquela casa. Tudo parecia falso, forçado, a começar pelo quarto do porteiro-criado, que não era nem porteiro nem criado, mas, sim, apesar do seu colete listrado, um velho caçador clandestino que havia sido promovido a cão de guarda.

E o que será que aquele oficial de justiça suspeito fazia nas águas-furtadas da mansão?

A própria Louise Bourges, que sonhava em se casar com o motorista e abrir uma pousada em Giens, não lhe inspirava confiança.

O ex-açougueiro de Saint-Fiacre devia sentir-se muito pouco à vontade ali, e os lambris, os móveis que deviam ter sido comprados junto com a mansão, pareciam eles mesmos deslocados, assim como as estátuas que flanqueavam o patamar.

Aquilo que mais perturbava o comissário era a maldade que ele imaginava por trás de cada gesto e ato

* Desenhista, ilustrador e gráfico francês (1756-1836). Retratava, através de figuras coloridas, o cotidiano ingênuo e alegre. Seu estilo consagrou-se pelo nome da sua cidade: Epinal.

de Fumal, pois Maigret sempre se recusara a acreditar que alguém pudesse praticar o mal pelo mal.

Já tinha passado das dez horas quando ele deixou o primeiro andar, onde seus colaboradores continuavam trabalhando, e foi até a escadaria, que ele subiu lentamente. No segundo andar, nenhum empregado impediu-lhe de abrir a porta do salão com as quinze ou dezesseis cadeiras vazias, e ele deu uma tossida a fim de avisar que estava entrando.

Ninguém apareceu. Tudo continuou no lugar. Maigret avançou na direção de uma porta entreaberta que dava para uma sala menor, onde, em cima de uma mesinha, havia uma bandeja com café da manhã.

Ele bateu numa terceira porta, onde encostou a orelha, e teve a impressão de ouvir uma tosse abafada. Ele girou a maçaneta.

Era o quarto da sra. Fumal, que na cama observava, com os olhos embotados, o comissário entrar.

– Peço desculpas, mas não encontrei nenhum empregado que pudesse me anunciar. Suponho que estejam todos lá embaixo com os inspetores.

Ela não havia se penteado nem lavado o rosto. A camisola deixava ver um dos ombros e uma parte do peito, de um branco muito pálido. Ontem ele podia ter ficado em dúvida. Agora, ele tinha certeza de que se encontrava diante de uma mulher que havia bebido não apenas antes de se deitar, mas também de manhã. O quarto ainda cheirava a álcool.

A mulher do açougueiro continuava lançando a ele um olhar vago e indefinido, como se, apesar de não entender o que estava acontecendo, ela sentisse uma espécie de alívio, até mesmo uma alegria.

– Imagino que tenham contado à senhora o que ocorreu.

Ela acenou que sim com a cabeça, e não foi de tristeza que os olhos dela brilharam.

– O seu marido está morto. Ele foi assassinado.

Com uma voz fraca, ela disse:

– Eu imaginava que tudo fosse acabar assim.

Ela deu uma risadinha. Estava mais bêbada do que Maigret imaginava.

– A senhora esperava por um assassinato?

– Ao lado dele, eu esperava por qualquer coisa...

Ela apontava para o leito em desordem, para o quarto bagunçado, e balbuciava:

– Eu lhe peço desculpas...

– A senhora não teve vontade de descer?

– Para quê?

De repente, o seu olhar tornou-se ansioso.

– Ele está mesmo morto, não é verdade?

Maigret confirmou com a cabeça. Ela passou a mão pelas cobertas até encontrar uma garrafa de bebida que tomou do gargalo.

– À saúde dele... – disse ela.

Mesmo morto, Fumal continuava a amedrontá-la, pois ela olhava para a porta desconfiada. Então perguntou a Maigret:

– Ele ainda está na casa?

– Levaram-no para o Instituto Médico Legal.

– O que vão fazer com ele?

– Uma autópsia.

Ela esboçou um sorriso malicioso. Será que imaginava que abriam o corpo do marido? Sentia-se talvez vingada, compensada pela tortura a que ele a submetera a vida toda.

Devia ter sido uma jovem como as outras. Que tipo de vida ela levara para chegar a um estado tão lamentável?

Maigret já encontrara pessoas destroçadas como ela, mas sempre em lugares sórdidos, em bairros miseráveis, onde a pobreza explicava a degradação.

– Ele veio falar com a senhora ontem à noite?

– Quem?

– O seu marido.

Ela sacudiu a cabeça negativamente.

– Ele vinha aqui às vezes?

– Sim, às vezes. Eu preferiria que não viesse nunca.

– A senhora não desceu ao escritório dele?

– Nunca vou lá. Foi no escritório que ele viu meu pai pela última vez. E, três horas depois, meu pai foi encontrado enforcado.

Parecia que aquela era uma maldição de Fumal: arruinar a vida dos outros, não apenas a dos que estavam no caminho dele, não apenas a dos que poderiam lhe fazer sombra, mas a de qualquer pessoa. Era isso que o fazia sentir-se poderoso.

– A senhora não sabe que visitas ele recebeu ontem à noite?

Mais tarde, Maigret encarregaria um inspetor de revistar o quarto, porque se constrangeria de fazer a revista ele mesmo. Mas alguém teria de fazê-la. Nada impedia que de repente essa mulher tivesse tido a coragem de assassinar o marido, e nesse caso a arma provavelmente ainda estaria com ela.

– Eu não sei... Eu não me interesso por nada... O que eu quero é ficar sozinha e...

Alguma coisa estava incomodando-a, porém Maigret não sabia o que era. Sempre de pé, um pouco afastado da cama, ele sentia o olhar da sra. Fumal atravessá-lo e fixar-se num ponto atrás de si. No momento em que, como um flash, ele se deu conta do que era e foi virar-se, a mulher arremessou as cobertas para o lado e se atirou com uma energia inimaginável sobre um fotógrafo que, dissimuladamente, começava a aparecer sob a soleira da porta.

O homem tentou escapar, mas ela já tinha agarrado a câmera, que atirou com toda a força no chão, depois juntou e atirou de novo.

Maigret reconheceu o repórter de um dos jornais de Paris e franziu o cenho. Alguém tinha avisado a imprensa, que deveria estar reunida em peso no andar de baixo.

– Um momento – disse ele, levantando a voz.

Foi a vez de Maigret juntar a máquina, da qual retirou o filme.

– É melhor você sair daqui... – disse ele ao jovem.

E à sra. Fumal:

– Volte a dormir. Peço-lhe desculpas pela confusão. Vou cuidar para que a deixem em paz. Mas um dos meus homens terá de vir aqui mais tarde.

Ele precisava sair daquele quarto e gostaria muito de poder sair da mansão. O fotógrafo continuava no patamar.

– Pensei que eu poderia...

– Acho que você se atreveu além do que devia. Seus colegas estão aqui?

– Alguns.

– Quem os avisou?

– Não sei. Há mais ou menos meia hora, o meu redator-chefe me chamou e pediu que...

Devia ter sido o funcionário do Instituto Médico Legal. Em todo lugar há pessoas ligadas aos jornais.

Eram sete ou oito pessoas representando a imprensa e deveriam chegar ainda mais.

– O que foi exatamente que aconteceu, comissário?

– Se eu soubesse, meus jovens, eu não estaria aqui. Se me deixarem trabalhar com tranquilidade, logo que descobrir alguma coisa eu lhes comunico...

– Podemos tirar fotografias?

– Rapidamente.

Havia muitas pessoas para interrogar, e não seria possível levá-las todas ao Quai des Orfèvres. Espaço ali na mansão não faltaria. Lapointe já estava trabalhando, assim como Bonfils, e Torrence acabara de chegar junto com Lesueur.

Foi Torrence quem Maigret encarregou de revistar o apartamento do segundo andar. A Bonfils ele pediu que fosse ao apartamento do sr. Joseph, que ainda não havia retornado dos escritórios da Rue Rambuteau.

– Quando ele retornar, interrogue-o. Mas duvido que ele fale muito.

O pessoal do Ministério Público tinha ido embora, assim como a maioria dos especialistas da Identificação Judiciária.

– Podem deixar que Noémi suba para ajudar a sra. Fumal, mas somente ela. Os outros empregados devem esperar no salão.

Quando o telefone tocou no escritório do morto, Louise Bourges automaticamente o atendeu.

– Aqui é a secretária do sr. Fumal... Sim... Sim, ele está aqui... Só um momento...

Ela se dirigiu a Maigret.

– É para o senhor... Do Quai des Orfèvres...

– Alô... Sim...

Quem estava do outro lado da linha era o diretor da P.J.

– O ministro do Interior acaba de me telefonar...

– Ele já ficou sabendo do que aconteceu?

– Sim. Todo mundo já está sabendo.

Possivelmente a notícia havia sido dada pelo rádio.

– Está furioso?

– Mais do que isso. Ele está fora de si. Ele quer ser informado de todos os detalhes da investigação. Você já tem alguma pista?

– Nada.

– A imprensa vai fazer um escândalo em torno do caso. Esse homem era mais importante do que parecia...

– Estão lamentando a morte dele?

– Como assim?

– As pessoas por aqui parecem aliviadas...

– Você está cuidando de tudo, certo?

Mas é claro! E, no entanto, apanhar o assassino nunca lhe fora tão indiferente. Ele tinha curiosidade de saber quem fora capaz de tomar tal atitude. Que homem ou mulher tivera coragem de arriscar tudo para se ver livre do sr. Fumal. Contudo, Maigret não teria prazer em prender essa pessoa e sentiria até mesmo constrangimento em algemá-la.

Eram raros os casos em que as hipóteses fossem tantas e todas elas igualmente plausíveis.

A sra. Fumal não precisava muito mais do que descer dois lances de escada para se vingar de vinte anos de humilhações. Além disso, ela não apenas ganharia de volta a sua liberdade, como também seria herdeira de uma grande fortuna, ou ao menos de boa parte dela.

Teria ela um amante? Parecia improvável, porém Maigret deixava a questão em aberto.

E o sr. Joseph?

Ele parecia completamente fiel ao açougueiro barrigudo, em cuja sombra vivia. Juntos, eles deviam ter praticado as picaretagens mais inacreditáveis. Fumal devia controlá-lo de perto, assim como ele controlava todos os outros empregados.

Mas mesmo pessoas como o sr. Joseph poderiam um dia se revoltar!

Louise Bourges, a secretária... Qual teria sido o motivo da visita dela ao Quai des Orfèvres?

Até o momento, a única evidência de que era o próprio Fumal quem escrevia as cartas vinha do depoimento dela.

Félix, o motorista, era seu amante. Os dois tinham pressa de se casar e mudar para Giens.

E se ela ou Félix tivessem roubado, ludibriado ou mesmo chantageado Fumal?

Todos pareciam ter um motivo para cometer o assassinato, inclusive Victor, o antigo caçador clandestino, a quem o patrão não dava nenhuma liberdade.

Os inspetores teriam de examinar a vida dos outros empregados. Havia ainda Gaillardin, que não retornara à Rue François-Ier depois de ter visitado Fumal.

– O senhor vai sair, chefe?

– Volto em poucos minutos.

Ele estava com sede e precisava sair um pouco daquele ambiente.

– Se ligarem para mim, peça a Lapointe que atenda e tome nota dos recados se houver algum.

Para poder alcançar a escadaria, Maigret teve de se desvencilhar do assédio dos jornalistas. Embaixo, do lado de fora da casa, havia ainda vários carros de jornais e rádios. Passantes eram atraídos pela movimentação. Um policial de uniforme estava de guarda na porta.

Com as mãos nos bolsos, Maigret caminhou rapidamente na direção do Boulevard des Batignolles, onde ele entrou no primeiro botequim.

– Um chope – pediu ele. – E uma ficha.

Era para telefonar à sua mulher.

– Não vou conseguir voltar para almoçar... O jantar?... Espero... Talvez... Não! Está tudo bem...

Talvez até mesmo o ministro estivesse contente de se livrar de um amigo comprometedor. Outras pessoas deviam ter motivo para comemorar. Os empregados da Rue Rambuteau, por exemplo, os da Place de la Villette, e todos os donos de açougue a quem Fumal dificultava a vida.

Ele ainda não sabia, naquele momento, que os vespertinos publicariam a seguinte manchete:

Assassinado o rei dos açougues.

O termo "rei", assim como o termo "milionário", era um dos preferidos dos jornalistas. Um dos jornais iria esclarecer, conforme os especialistas, que Fumal controlava um décimo do comércio de carnes em Paris, e mais de um quarto do comércio de carnes em certas províncias do norte.

Quem herdaria aquele império? A sra. Fumal?

No momento em que ele saía do botequim, Maigret viu um táxi circulando vazio e teve vontade de dar uma passada na Rue François-Ier. Neveu já estava por lá, mas ele ainda não tinha dado notícias, e Maigret pretendia ir até o local pessoalmente. Assim ele também poderia escapar por mais um tempo da atmosfera repugnante da mansão.

Era um edifício moderno, com uma portaria quase luxuosa.

– O sr. Gaillardin? É no terceiro andar à esquerda, mas não creio que ele esteja em casa.

Maigret pegou o elevador, tocou a campainha. Uma jovem, vestida num robe, veio abrir a porta.

– O senhor ainda não teve notícias de Roger? – perguntou ela, conduzindo-o a uma sala tão bem-iluminada quanto seria possível em Paris naquela época do ano.

– E a senhora?

– Não. Depois que o inspetor de vocês veio aqui, fiquei ansiosa. Estou acompanhando tudo pela rádio...

– Estão falando de Fumal?

– Sim.

– A senhora sabia que seu marido iria visitá-lo ontem à noite?

Ela era bonita, tinha um corpo muito benfeito, e não devia passar dos trinta anos.

– Ele não é meu marido – respondeu ela. – Roger e eu não somos casados.

– Eu sei. Usei o termo por descuido.

– Ele tem uma esposa e dois filhos, mas não mora com eles. Isso faz já alguns anos... Deixe-me ver... Cinco anos, exatamente...

– A senhorita estava a par dos problemas dele?

– Sei que ele está mais ou menos arruinado e que foi esse homem quem...

– Diga-me... Gaillardin tem um revólver?

Ela ficou visivelmente pálida, já não valia mais a pena mentir.

– Ele tem um, numa gaveta no quarto.

– A senhorita verificou se a arma ainda está lá? Posso acompanhá-la até o quarto de vocês?

Ele a seguiu até um quarto com uma cama imensa e baixa, onde ela evidentemente dormira sozinha. Ela abriu duas ou três gavetas, pareceu surpresa, depois abriu outras, cada vez mais angustiada.

– Não estou encontrando!

– Ele nunca carregava o revólver consigo?

– Não que eu saiba. O senhor não o conhece? É um homem tranquilo, alegre, que chamam de bon-vivant.

– A senhorita não ficou preocupada pelo fato de ele não ter retornado?

Ela não sabia o que dizer.

– Sim... Sem dúvida... Eu disse isso ao inspetor de vocês... Mas ele estava confiante... Ele tinha certeza de que conseguiria o dinheiro... Pensei que ele tivesse ido encontrar seus amigos, talvez fora da cidade...

– Onde mora a mulher dele?

– Em Neuilly. Vou lhe dar o endereço.

Ela o escreveu sobre um pedaço de papel. Nesse momento, o telefone tocou, e ela o atendeu, desculpando-se. A ligação estava tão clara que Maigret podia ouvir a voz do outro lado da linha.

– Alô! Madame Gaillardin?

– Sim... Quer dizer...

– É da Rue François-Ier, número 26?

– Sim.

– Da casa do sr. Roger Gaillardin?

Maigret podia jurar que o homem do outro lado era um policial.

– Sim. Eu moro com ele, mas não sou a esposa dele.

– A senhorita poderia vir ao comissariado de Puteaux o mais rápido possível?

– Aconteceu alguma coisa?

– Sim, aconteceu.

– Roger está morto?

– Sim.

– O senhor não pode me dizer o que aconteceu?

– É preciso, antes de mais nada, que a senhora venha reconhecer o corpo. Encontramos os documentos, mas...

Maigret fez sinal para que a moça passasse a ele o telefone.

– Alô! Aqui é o comissário Maigret, da P.J. Diga-me o que aconteceu.

– Às 9h32, encontramos um homem morto nas margens do Sena, a trezentos metros da Pont de Puteaux. Por causa de uma pilha de tijolos descarregados ali há alguns dias, os passantes não o viram mais cedo. Foi um marinheiro quem...

– Ele foi assassinado?

– Não. Pelo menos não parece, porque ele estava segurando um revólver em cujo tambor falta apenas uma bala. Parece que ele se deu um tiro na têmpora direita.

– Eu lhe agradeço. Assim que o corpo for reconhecido, enviem-no ao Instituto Médico Legal, e peça para que entreguem no Quai des Orfèvres tudo o que ele trazia nos bolsos. A moça com quem o senhor falou está indo até aí.

Maigret desligou o telefone.

– Ele se deu um tiro na cabeça.

– Eu ouvi.

– A mulher dele tem telefone?

– Sim.

Ela deu a ele o número, que ele em seguida discou.

– Alô? Sra. Gaillardin?

– É a empregada.

– A sra. Gaillardin não está?

– Ela partiu anteontem com as crianças para a Côte d'Azur. Quem está falando? O sr. Gaillardin?

– Não. Aqui é a polícia. Eu queria uma informação. A senhora estava em casa ontem à noite?

– Sim.

– O sr. Gaillardin esteve aí?

– Por quê?

– Responda à pergunta, por favor.

– Esteve.

– A que horas?

– Eu estava dormindo. Foi depois das dez e meia.

– O que é que ele queria?

– Falar com a madame.

– Era comum que ele fosse procurá-la em tal horário?

– Nesse horário, não.

– E durante o dia?

– Ele vinha ver as crianças.

– Mas ontem era com a esposa que ele queria falar?

– Sim. Ele ficou surpreso ao saber que ela tinha viajado.

– Ele ficou muito tempo?

– Não.

– Ele parecia nervoso?

– Parecia cansado. Ofereci a ele uma dose de conhaque.

– Ele bebeu?

– De um gole só.

Maigret desligou e disse à moça:

– A srta. pode ir a Puteaux.

– O senhor não vai me acompanhar?

– Agora não. Nós nos veremos mais tarde.

Em suma, na noite anterior, Gaillardin deixara o seu apartamento na Rue François-Ier levando o revólver. Ele fora então ao Boulevard de Courcelles. Provavelmente tentaria obter mais prazo para pagar as dívidas. Ele devia ter pensado em alguma forma de convencer Fumal.

Seu plano não tinha dado certo. Um pouco mais tarde, ele ia ao apartamento da mulher, em Neuilly, onde só encontrara a empregada. O apartamento era próximo ao Sena. A ponte de Puteaux, que ele tinha atravessado, ficava a trezentos metros...

Quanto tempo teria ele vagado pelo cais antes de se dar um tiro na cabeça?

Maigret entrou em um bar elegante e resmungou:

– Um chope e uma ficha.

Era para ligar ao Instituto Médico Legal.

– Aqui é Maigret. O doutor Paul chegou?... Como?... Maigret, sim. Ele continua ocupado?... Pergunte a ele se descobriu a bala... Espere um pouco... Se ele a encontrou, pergunte a ele se é uma bala de revólver ou de pistola automática.

Ele escutou idas e vindas e conversas do outro lado da linha.

– Alô... Comissário?... Parece que é uma bala de pistola automática... Ela ficou alojada...

Pouco lhe importava onde tinha ficado alojada a bala que matara Fumal.

A menos que Roger Gaillardin carregasse consigo duas armas naquela noite, não havia sido ele quem matara o homem dos açougues.

Ao chegar ao patamar do primeiro andar na mansão do Boulevard de Courcelles, Maigret foi novamente assediado pelos jornalistas. A fim de se desvencilhar deles, transmitiu-lhes a notícia da descoberta do corpo no cais em Puteaux.

Os inspetores, espalhados nas diversas peças, interrogavam a secretária e os demais empregados. Apenas Torrence estava sem fazer nada. Quando viu o comissário, saiu depressa na direção dele, como se o estivesse esperando ansiosamente.

– Descobri algo lá em cima, chefe – disse ele em voz baixa.

– A arma?

– Não. O senhor pode me acompanhar?

Eles subiram ao segundo andar, entraram no salão onde estavam as diversas cadeiras e o piano que nunca devia ter sido usado.

– No quarto da sra. Fumal?

Torrence, com ar misterioso, sacudiu negativamente a cabeça.

– O apartamento é imenso – murmurou ele. – O senhor vai ver.

Torrence mostrava a Maigret as diversas peças, sem se preocupar com a sra. Fumal, que ainda estava deitada.

– Não contei a ela o que descobri. Acho que o senhor é quem deve contar.

Eles atravessaram um quarto de dormir que estava vazio, depois outro. Era evidente que não eram usados há tempos. Um banheiro também fora desativado, sendo utilizado para guardar baldes e vassouras.

À esquerda de um corredor, uma peça bastante espaçosa estava atravancada com pilhas de móveis, malas e caixas empoeiradas.

Por fim, no fundo de um corredor, Torrence abriu a porta de uma peça menor do que as outras, estreita, com apenas uma janela que dava para o pátio. Estava mobiliada como um quarto de empregada, com um divã coberto com uma colcha vermelha, uma mesa, duas cadeiras e um guarda-roupas barato.

O inspetor, orgulhoso, apontava para um cinzeiro no qual se viam duas pontas de cigarro.

– Dê uma olhada, chefe. Eu poderia jurar que não faz muito que fumaram esses cigarros. Ontem, sem dúvida. Talvez essa manhã mesmo. Quando eu entrei, o quarto ainda cheirava a cigarro.

– Você olhou dentro do armário?

– Só há dois cobertores. Mas suba na cadeira. Com cuidado! Ela não é muito firme.

Maigret sabia que era comum as pessoas esconderem objetos em cima de armários e guarda-roupas.

O que havia lá em cima, sobre uma camada espessa de poeira, era um aparelho de barbear, um pacote de lâminas e um tubo com creme de barba.

– O que o senhor acha?

– Você chegou a comentar sobre isso com os empregados?

– Preferi esperar pelo senhor.

– Está bem, agora volte lá para baixo.

Quanto a Maigret, ele foi bater à porta do quarto de dormir. Não ouviu resposta, mas, ao abri-la, deu de cara com a sra. Fumal, que olhava para ele da cama.

– O que o senhor quer de novo? Será que não posso dormir?

Ela não estava nem melhor nem pior do que antes pela manhã. E, se tinha voltado a beber, não dava para notar.

– Não gostaria de incomodá-la de novo, mas tenho de fazer o meu trabalho. Preciso fazer-lhe algumas perguntas.

Ela continuava olhando para ele com o cenho franzido, como se tentasse adivinhar o que ele diria.

– Os empregados dormem nos quartos que ficam em cima da garagem, correto?

– Sim, por quê?

– A senhora fuma?

Ela hesitou, não teve tempo de mentir.

– Não.

– A senhora dorme sempre aqui, nesse quarto?

– O que o senhor quer saber?

– O seu marido nunca vem dormir aqui nesse andar?

Dessa vez, ela pareceu compreender melhor a pergunta. Então abandonou a atitude defensiva e se cobriu sob os lençóis.

– Ele ainda está lá? – perguntou ela em voz baixa.

– Não. Mas penso que ele passou lá uma boa parte da noite.

– É possível. Eu não sei quando ele foi mesmo embora. Ele vai e depois volta...

– De quem a senhora está falando?

Ela pareceu surpresa. Devia ter achado que o comissário já sabia de tudo e agora se arrependia por falar demais.

– Não contaram ao senhor?

– Quem poderia ter me contado?

– Noémi... ou Germaine... As duas sabiam...

Um sorriso estranho passou pelos lábios dela.

– É do seu amante que a senhora está falando?

Ela deu uma gargalhada. Uma gargalhada rouca que deve ter lhe feito mal.

– O senhor me imagina com um amante? Acha que ainda sou atraente? O senhor gostou de mim, comissário? Gostaria de...

A mão dela estava agarrada ao lençol, e Maigret teve medo de que ela, de repente, expusesse a sua nudez.

– Meu amante!... – repetiu ela. – Não, comissário. Não tenho nenhum amante. Faz muito tempo que eu...

Ela se deu conta de que havia se traído.

– Eu tive um amante, é verdade. E Ferdinand descobriu. Ele me fez pagar a vida toda por isso. Com ele é assim, o senhor entende? Meu irmão, por exemplo, nunca fez nada contra ele, mas pelo simples fato de ser filho do meu pai...

– É o seu irmão que dorme no quarto dos fundos?

– Sim. Isso acontece muitas vezes, várias vezes por semana, quando ele consegue vir aqui.

– O que ele faz?

Ela lhe lançou um olhar duro e frio, como que encolerizado.

– Ele bebe! – gritou ela. – Como eu! Não há nada que ele possa fazer. Ele tinha dinheiro, uma mulher, filhos...

– O seu marido o arruinou?

– Ele tirou dele tudo o que podia, até o último centavo. Mas, se o senhor imagina que foi meu irmão quem o matou, o senhor está enganado. Meu irmão não seria nem mesmo capaz de fazer isso, assim como eu não seria.

– Onde está o seu irmão nesse momento?

Ela deu de ombros.

– Em algum boteco. Ele não é mais criança. Tem 52 anos e aparenta no mínimo 65. Os filhos dele, casados, não falam com ele. A mulher trabalha em uma fábrica em Limoges.

A mão dela buscava pela garrafa.

– É Victor quem o deixa entrar na mansão?

– Se Victor soubesse, teria contado ao meu marido.

– O seu irmão tem uma chave?

– Noémi mandou fazer uma para ele.

– Qual é o nome do seu irmão?

– Emile... Emile Lentin... Não sei onde o senhor pode encontrá-lo. Ele não vai ousar voltar aqui depois de ler nos jornais que Fumal foi assassinado. Nesse caso, o senhor pode encontrá-lo pelo cais ou ainda no Exército da Salvação.

Ela novamente lançou um olhar desafiador e, sentindo o amargo da boca, voltou a beber do gargalo.

CAPÍTULO V

A mulher que gosta de calor e a moça que adora comer.

Ele não precisou dizer quem era nem mostrar o distintivo. No meio da porta, na altura do rosto, havia um olho mágico que permitia que se enxergasse, do lado de dentro, quem tocava a campainha. A porta imediatamente se abriu, e uma voz alegre ecoou pelo corredor:

– Maigret!

O comissário também reconheceu a mulher que lhe abriu a porta e o fez entrar numa pequena peça superaquecida por uma estufa a gás. Ela agora devia ter sessenta anos, mas não tinha mudado muito desde a época em que Maigret a tirara de uma enrascada em que ela se metera num bordel da Rue Notre-Dame-de-Lorette.

Ele não esperava encontrá-la tomando conta desse edifício de apartamentos de aluguel, da Rue de l'Étoile, cuja placa anunciava: "Estúdios luxuosos, aluguel mensal ou semanal".

O escritório parecia uma sala íntima, com poltronas confortáveis e almofadas de seda sobre as quais dois gatos persas ronronavam.

Com os mesmos cabelos loiros oxigenados, embora em menos quantidade, rechonchuda e com a pele um pouco oleosa, Rose perguntou:

– O que você veio procurar aqui?

Ela ajeitou uma das poltronas, emocionada, pois desde aquela época tinha uma queda pelo comissário, que ela ia então procurar no Quai des Orfèvres a cada vez que tinha algum problema.

– Martine Gilloux mora nesse edifício?

Era meio-dia. Os jornais ainda não haviam anunciado a morte de Fumal. Maigret sentia-se um pouco covarde por ter escapado pela segunda vez na manhã, deixando seus colaboradores trabalhando sozinhos na atmosfera deprimente da mansão do Boulevard de Courcelles.

– Ela fez algo errado? – Então se apressou em acrescentar: – É uma moça corajosa e totalmente inofensiva.

– Ela está em casa agora?

– Faz quinze minutos que saiu. Em geral, ela dorme e acorda cedo. A essa hora, ela costuma dar um passeio pelo bairro, antes de ir almoçar no Gino ou em algum outro restaurante da Avenue des Ternes.

A salinha parecia aquela da Rue Notre-Dame-de-Lorette, só faltavam as gravuras eróticas penduradas nas paredes. O calor também era parecido. Rose sempre fora friorenta, ou melhor, sempre gostara do calor. Ela deixava a temperatura do ambiente acima no normal e enrolava-se em acolchoados. No inverno, às vezes ficava semanas sem sair de casa.

– Ela mora aqui há quanto tempo?

– Mais de um ano.

– Que tipo de moça ela é?

Os dois falavam a mesma língua e entendiam-se com facilidade.

– É uma moça corajosa, que passou a vida lutando. Ela vem de uma família muito pobre. Nasceu em alguma parte do subúrbio, não sei bem onde. Ela me contou que já passou fome, e entendi que ela não estava fazendo charme quando disse isso.

Rose perguntou novamente:

– Ela fez algo de errado?

– Que eu saiba, não.

– Estou certa de que não. Na verdade, ela não é muito inteligente e se esforça para ser gentil com todo mundo. Os homens se aproveitam disso. Ela passou por altos e baixos, mas as dificuldades para ela sempre foram muito grandes. Por um bom tempo, ela andou nas mãos de um vagabundo, que a fazia trabalhar duro, mas felizmente ele a deixou. Isso são coisas que ela me contou, pois não morava aqui na época, mas para os lados de Barbès. Por sorte, ela conheceu alguém que lhe ofereceu esse apartamento e agora está mais tranquila.

– Fumal?

– Sim, esse é o nome dele. Um homem importante do comércio de carnes, que tem diversos automóveis e um motorista.

– Ele vem aqui com frequência?

– Ele às vezes fica dois ou três dias sem vir, mas depois aparece todas as tardes ou à noite.

– Você reparou em algo fora do comum?

– Não. Você sabe como é. Ele a sustenta, mas sem muito luxo. Ela tem alguns vestidos, um casaco de pele, duas ou três joias.

– Eles saem juntos?

– Às vezes, principalmente quando ele janta na cidade com outros amigos que também estão acompanhados.

– Martine tem algum outro homem?

– Pensei nisso. É raro que essas moças não sintam necessidade de ter outro homem. Já perguntei diretamente a ela. Além disso, sempre acabo por descobrir o que acontece pelo bairro. Posso lhe assegurar que ela não tem outro homem. Isso a deixa mais tranquila. No fundo, ela parece não fazer muita questão de companhias masculinas.

– Algum envolvimento com drogas?

– Não. Ela não é esse tipo de moça.

– Como ela costuma passar o tempo?

– Fica em casa lendo ou escutando rádio. Ela dorme. Sai para comer, dá uma volta pelo bairro e retorna.

– Você conhece Fumal?

– Eu o vejo passar pelo corredor. Normalmente, o motorista fica esperando na frente do prédio enquanto ele está lá em cima.

– Você me disse que devo encontrá-la no Gino?

– Você conhece o Gino? É um restaurantezinho italiano...

Maigret conhecia. O restaurante não era grande nem luxuoso, mas famoso por suas massas, especialmente os raviólis, e tinha uma clientela selecionada.

Chegando lá, ele foi direto ao bar.

– Martine Gilloux está almoçando aqui?

Havia já uma dúzia de clientes. O barman indicou-lhe com uma piscadela uma jovem que almoçava sozinha num canto.

Depois de deixar o sobretudo e o chapéu no cabideiro, Maigret foi até ela, parando com a mão apoiada sobre o encosto da cadeira do outro lado da mesa.

– A senhorita me permite?

Ela o olhava sem entender.

– Preciso fazer algumas perguntas. Sou da polícia.

Ele havia reparado, diante dela, vários pratinhos de entrada.

– Não tenha medo. Preciso apenas de algumas informações.

– Sobre o quê?

– Sobre o sr. Fumal e sobre a senhorita.

Ele se voltou para o garçom que tinha se aproximado.

– Eu gostaria também de uma entrada e depois de um espaguete à milanese.

A jovem continuava nervosa e pareceu atordoada quando ele disse:

– Acabo de vir da Rue de l'Étoile. Rose me disse que eu a encontraria aqui. Fumal está morto.

Ela devia ter entre 25 e 28 anos, mas seu olhar era o de uma pessoa mais velha. Ele tinha algo de cansado, indiferente. Talvez sinalizasse a perda da curiosidade pela vida. Ela era grande, forte, e sua expressão doce e assustada lembrava a de uma criança que tivesse apanhado.

– A senhorita não sabia?

Ela enxugou a testa, observando-o, sempre desconfiada.

– A senhorita o viu ontem?

– Ontem?... Sim... Ele veio me ver por volta das cinco horas...

– Como ele estava?

– Como sempre.

Um detalhe incomodou Maigret. Até o momento, todas as pessoas a quem ele tinha contado sobre a morte de Fumal se esforçavam por esconder uma surpresa mais ou menos contente. Era como se estivessem ao menos aliviadas.

Martine Gilloux, ao contrário, pareceu abalada com a notícia. Talvez ela tivesse ficado com pena. Com certeza estava preocupada.

Provavelmente, ela pensava no que aconteceria consigo a partir de agora. A sua tranquilidade e o seu conforto acabariam em breve.

Estaria ela com medo de ter de voltar às ruas?

– Não deixe esfriar a sua comida – disse Maigret à moça, quando começaram a servi-lo também.

Ela obedeceu sem titubear, e Maigret compreendeu que, para ela, comer tinha uma importância formidável. Era aquilo que lhe dava força para enfrentar a vida. Ela comia para espantar as lembranças ruins, para se vingar das dificuldades por que passara na infância e na juventude.

– O que a senhorita sabe sobre ele?

– O senhor é realmente da polícia?

Ela parecia inclinada a pedir um conselho ao barman ou ao gerente, que os observava. Maigret mostrou a ela o seu distintivo.

– Sou o comissário Maigret.

– É mesmo? Já li o seu nome nos jornais. Achei que o senhor fosse maior.

– Fale-me de Fumal. Como foi que a senhorita o conheceu, quando e onde?

– Há cerca de um ano.

– Onde?

– Num cabaré em Montmartre, chamado Le Désir. Eu estava sentada no bar. Ele tinha entrado com amigos que estavam meio bêbados.

– Ele não bebe?

– Eu nunca o vi bêbado.

– E o que aconteceu?

– Havia outras moças no cabaré. Um dos amigos dele chamou uma delas. Depois, um açougueiro, acho que de Lille ou de alguma outra cidade do norte, veio buscar a minha amiga Nina. Fumal era o único que continuava sozinho. Ele então me fez um sinal, de longe, para que eu me aproximasse. O senhor sabe como são essas coisas. Eu me dei conta de que ele estava me chamando apenas para fazer média com os amigos. Ele me olhou e disse: "Você é tão magrinha... deve estar com fome". É verdade que eu estava mesmo magra. Sem me perguntar nada, ele chamou o garçom e pediu que me servissem uma refeição completa. "Coma, beba! Você não terá a sorte de encontrar Fumal todas as noites." Foi mais ou menos assim que tudo começou. Os amigos dele foram embora com as duas outras moças. Ele perguntou a respeito dos meus pais, da minha infância. Quis saber o que eu fazia. Muitos homens agem assim. Ele nem mesmo me beijou. Por fim, ele se decidiu: “Venha comigo! Vou levá-la a um lugar conveniente”.

– Vocês passaram a noite juntos?

– Não. Ele me levou a um hotel perto da Place Clichy. Pagou adiantado uma semana, mas naquela noite nem mesmo subiu. Ele voltou no dia seguinte.

– Dessa vez, ele subiu?

– Sim, e ficou por um momento. Mas não para fazer o que o senhor está pensando. Ele não era muito bom nisso. O que ele fez foi me contar a respeito da vida dele, da profissão, da mulher.

– E ele falava dessas coisas em que tom?

– Creio que era infeliz.

Maigret não podia acreditar no que estava ouvindo.

– Continue, por favor.

– É difícil explicar, o senhor entende? Ele me falava sempre das mesmas coisas...

– Em suma, ele procurava a senhorita para desabafar.

– Não só isso...

– Mas principalmente isso?

– Talvez. Pelo que eu entendi, ele passou a vida toda trabalhando, mais do que qualquer outra pessoa, e se tornou um homem muito poderoso. É verdade?

– Sim, é verdade.

– Ele me dizia coisas como: “De que adianta? Ninguém reconhece isso, e as pessoas me consideram um brutamontes. Minha mulher é louca. Meus empregados não pensam em outra coisa senão em me roubar. Quando eu entro num restaurante chique, ouço as pessoas cochicharem: ‘lá vem o açougueiro!’”.

Serviram o espaguete de Maigret e os raviólis de Martine Gilloux, que tinha diante dela um *fiasco* de Chianti.

– A senhorita me permite?

Ele não tinha perdido a fome, mesmo com todos os problemas.

– Fumal disse que a mulher dele era louca?

– E também que ela o detestava. Ele disse que havia comprado o castelo da cidadezinha em que nasceu. Isso também é verdade?

– Sim, é verdade.

– Eu não dava importância a nada disso. Eu pensava que ele estava apenas querendo contar vantagens. Na cidadezinha onde ele nasceu, as pessoas continuam a chamá-lo de açougueiro. Ele comprou uma mansão no Boulevard de Courcelles, mas ela parece mais uma estação ferroviária do que uma casa.

– A senhorita já foi até lá.

– Sim.

– E tem a chave?

– Não. Fui apenas duas vezes. A primeira porque ele queria me mostrar onde morava. Era de noite. Subimos ao primeiro andar. Eu vi o salão enorme, o escritório dele, o quarto, a sala de jantar. Vi também peças mais ou menos vazias. Não parecia uma casa de verdade. Ele me disse: "A louca mora no andar de cima. Ela deve estar nos espiando do patamar". Perguntei se ela era ciumenta, e ele disse que não, que ela espionava pelo prazer de espionar. Era uma mania dela. É verdade que ela bebe?

– Sim.

– Nesse caso, como o senhor pode ver, quase tudo o que ele me dizia era verdade. Ele também pode entrar na sala de um ministro sem se fazer anunciar?

– Há um pouco de exagero nisso.

Não era engraçada a relação de Fumal e Martine? Por mais de um ano, ela havia sido sua amante. Contudo, ele a mantinha para ter alguém com quem conversar e desabafar.

Há homens que, quando estão angustiados, pagam uma prostituta nas ruas a quem contam seus problemas.

Fumal pagava uma espécie de confidente exclusiva, que ele instalara em um apartamento confortável da Rue de l'Étoile e que não fazia mais nada da vida senão esperar pelas visitas dele.

Na verdade, ela nunca acreditara nele completamente. Mais do que isso, ela nem mesmo se perguntava se o que ele dizia era verdade ou mentira.

Para ela, isso era indiferente!

Agora que ele estava morto, ela se constrangia ao descobrir que ele era mesmo um homem importante.

– Ele não parecia nervoso nos últimos dias?

– Em que sentido?

– Ele não temia ser assassinado? Não falava dos inimigos que tinha?

– Ele muitas vezes me disse que não era possível se tornar poderoso sem fazer inimigos. Ele dizia: "Eles me lambem as mãos como cães, mas no fundo me detestam e só estarão satisfeitos no dia em que eu morrer". E depois ainda acrescentava: "Você inclusive. Ou melhor, você ficaria contente se eu deixasse alguma coisa. Mas eu não vou lhe deixar coisa alguma. Se eu desaparecer ou abandoná-la, você volta para a rua da amargura".

Ela não se ofendera, pois já havia passado por muita coisa antes de conhecê-lo. Ele lhe dava segurança, e isso era o suficiente para ela.

– O que foi que aconteceu com ele? – perguntou ela. – Foi o coração?

– Ele sofria do coração?

– Eu não sei. Quando as pessoas morrem bruscamente, em geral é porque...

– Ele foi assassinado.

Ela parou de comer e, de tão impressionada que ficou ao ouvir aquilo, manteve a boca aberta. Foi preciso um momento para que ela perguntasse:

– Onde? Quando?

– Ontem à noite. Na casa dele.

– E quem fez isso?

– É o que eu estou investigando.

– Como foi que o mataram?

– Com um tiro.

Pela primeira vez na vida dela, sem dúvida, ela perdeu a fome e empurrou o prato de comida. Depois, ela estendeu a mão até o copo e o esvaziou num único trago.

– Como sou azarada... – Maigret ouviu a moça murmurar.

– Ele nunca comentou nada a respeito de um sr. Joseph?

– Um homenzinho grisalho?

– Sim.

– Ele o chama de O Ladrão. Parece que é um homem muito desonesto. Ferdinand poderia ter feito com que ele fosse preso, mas preferiu tê-lo trabalhando para si. Ferdinand costuma dizer que os crápulas são melhores empregados do que as pessoas honestas. Ele chegou até mesmo a instalar O Ladrão na mansão a fim de tê-lo sempre à sua disposição.

– E a secretária dele?

– A srta. Louise?

Fumal tinha mesmo feito à amante confissões detalhadas.

– O que é que ele pensava dela?

– Que ela era uma mulher fria, ambiciosa, avarenta. Que ela não servia para mais nada senão guardar dinheiro.

– Só isso?

– Não. Parece que houve alguma confusão entre os dois. Ela contou ao senhor?

– Que confusão?

– Bem...

Ela olhou ao redor e falou mais baixo, com medo de que alguém pudesse ouvir.

– Um dia, no escritório, ele agiu como se estivesse interessado nela e beijou-a. Depois, pediu que ela tirasse a roupa.

– E ela obedeceu? – perguntou Maigret surpreso.

– Ele disse que sim. E tudo aconteceu no próprio escritório. Ele ficou de pé em frente à janela, olhando-a ironicamente, enquanto ela se despia. Quando ela estava completamente nua, ele perguntou: “Você é virgem?”.

– E ela?

– Não respondeu nada. Ficou vermelha. Momentos depois, ele resmungou: “Você não é mais virgem. Basta. Pode se vestir”. Quando ele me contou, achei que fosse mentira. Já me humilharam dessa maneira, mas eu não tenho nenhum tipo de educação. Os homens sabem que podem fazer de tudo comigo. Já uma mulher como ela... Se é verdade o que ele disse, ele ficou olhando-a se vestir, depois mandou que ela se sentasse numa cadeira, alcançou a ela o caderno de estenografia e começou a ditar a correspondência.

– A senhorita não tem nenhum amante? – perguntou Maigret bruscamente.

Ela respondeu que não, sem titubear, mas em seguida olhou para o barman.

– O que tem ele?

– Nada.

– A senhorita é apaixonada por ele?

– Apaixonada não.

– Mas ficaria com ele, se ele quisesse?

– Não sei. Ele não me dá a mínima atenção.

Maigret pediu um café. Ele perguntou a Martine:

– A senhorita não quer uma sobremesa?

– Hoje não. Acho que vou para casa dormir. O senhor ainda precisa de mim?

– Não. Fique tranquila. Eu vou acertar o seu aluguel. Até nova ordem, a senhorita deve permanecer no apartamento da Rue de l'Étoile.

– Não posso sair para fazer as refeições?

– Somente para fazer as refeições.

Os inspetores haviam comido em um pequeno restaurante normando que eles tinham descoberto na vizinhança e já estavam de volta ao trabalho quando Maigret retornou à mansão.

Havia algumas poucas novidades, nenhuma delas importante. Roger Gaillardin tinha mesmo se suicidado. O revólver que ele segurava na mão era o mesmo que costumava deixar no apartamento da Rue François-Ier.

O especialista constatara também que a pistola automática encontrada no quarto de Fumal não era usada há mais de meses, provavelmente há anos.

Lucas retornara com o sr. Joseph dos escritórios da Rue Rambuteau, onde o clima era de grande confusão.

– Não há ninguém para determinar o que deve ser feito, e as pessoas estão perdidas. Fumal tinha horror de delegar sua autoridade para quem quer que fosse. Ele controlava tudo, aparecendo nas horas mais inesperadas. Os empregados viviam com medo. Somente o sr. Joseph estava a par dos negócios, mas ele não tem nenhum poder legal e o detestam tanto quanto ao antigo patrão.

Os jornais, que acabavam de sair, confirmavam esse estado de coisas. Quase todos traziam a mesma manchete:

Assassinado o rei dos açougues

Um homem pouco conhecido pela população, mas que tinha uma influência decisiva...

Publicava-se a lista das sociedades fundadas por ele, das filiais e subfiliais que constituíam um verdadeiro império.

Lembravam-se também de algo que Maigret não sabia: há cinco anos, esse império por pouco não desabara, quando o fisco resolveu meter o nariz nos negócios de Fumal. O escândalo fora evitado, embora, nos meios mais bem-informados, se falasse numa fraude de mais de um milhão.

Como conseguiram abafar o escândalo? Os jornais não explicavam direito, apenas davam a entender que o antigo açougueiro contava com uma proteção vinda dos altos escalões.

Um dos jornais perguntava:

Sua morte reabriria as investigações?

Muitas pessoas, em todo caso, deveriam estar numa situação delicada, inclusive o ministro que havia ligado para a P.J.

O que os jornais ignoravam ainda, o que talvez eles ainda fossem descobrir, é que Fumal havia procurado a polícia no dia anterior para que ela o protegesse.

Teria Maigret feito tudo o que era possível fazer?

Ele enviara um inspetor para vigiar a casa no Boulevard de Courcelles, como era o procedimento usual em tais casos. Ele mesmo fora dar uma olhada no local e encarregara Lapointe de acompanhar Fumal durante os seus deslocamentos pela cidade no dia seguinte. Eles dariam continuidade à investigação quando...

Ele não cometera nenhum erro, mas nem por isso estava satisfeito. Talvez ele tivesse se deixado influenciar pelas lembranças da infância, pela maneira como o pai de Fumal havia tratado o seu próprio pai.

Maigret não tinha sido nem um pouco simpático com o homem que fora visitá-lo recomendado pelo ministro.

Diferentemente disso, ele não duvidara da palavra de Louise Bourges, a secretária, quando ela fora procurá-lo na P.J.

Ele estava convencido da verdade da história que Martine lhe contara no restaurante. Ferdinand Fumal era um homem capaz de humilhar uma mulher da forma mais nojenta. Era verdade também que a secretária sentia por ele um profundo desprezo. Ela o odiava e só continuava trabalhando para ele a fim de guardar dinheiro para casar com Félix e comprar uma pousada em Giens.

Estaria ela satisfeita com o salário que ganhava? Não teria descoberto algum segredo que pudesse lhe assegurar a obtenção de mais dinheiro?

Fumal havia dito à amante:

– Eles só pensam em me roubar...

Teria ele se comportado tão mal? Maigret não tinha encontrado nenhum empregado que manifestasse por ele qualquer simpatia. Todos pareciam trabalhar para ele obrigados.

Fumal não fazia nenhum esforço para que gostassem dele. Pelo contrário, seria possível dizer que tinha um prazer mórbido, uma alegria perversa em provocar o ódio dos outros.

Esse ódio, Fumal o sentia ao redor de si, e não era algo que vinha de ontem, não vinha de semanas e nem mesmo de alguns anos atrás...

O que é que o levara a procurar proteção no dia anterior?

Teria a secretária contado a verdade? Nesse caso, por que motivo estaria ele escrevendo, a si mesmo, cartas anônimas ameaçadoras?

Talvez ele tivesse descoberto um inimigo mais perigoso do que os outros. Ou talvez ele tivesse feito algo que o colocasse em perigo de uma forma mais contundente.

Era uma possibilidade. Moers havia estudado não apenas as cartas, mas também exemplos da caligrafia de Fumal e de Louise Bourges. Moers tinha pedido a ajuda de um dos maiores especialistas em Paris.

Do escritório da mansão, Maigret, ainda de mau humor, ligou ao laboratório.

– Moers?... Você tem algum resultado?

Ele os imaginava no último andar do Palácio de Justiça, trabalhando sob uma lâmpada, projetando um a um os documentos numa tela.

Moers, com uma voz cansada, confirmou que, em todas as cartas, as impressões digitais eram realmente as de Fumal. Havia também as impressões de Maigret e de Lucas e, na primeira carta, as de Louise Bourges.

Isso parecia confirmar que a secretária falara a verdade quando ela dissera ter aberto a primeira carta, mas não as seguintes.

Só que isso não provava nada. Ela era inteligente o suficiente para se lembrar de usar luvas, caso tivesse escrito as outras.

– E a caligrafia?

– Estamos trabalhando nisso. Como as mensagens foram escritas em letras de forma, a análise é complicada. Até o momento, nada sugere que Fumal não tenha ele próprio escrito as cartas.

Os empregados continuavam a ser interrogados nas salas adjacentes. Eram confrontados uns com os outros, depois separados e levados para depor sozinhos. Havia já páginas e páginas de depoimentos que Maigret pediu que lhe trouxessem e que se pôs a folhear.

O depoimento de Félix, o motorista, confirmava o de Louise Bourges. Era um homem baixo e atarracado, de cabelos pretos, cujo olhar tinha uma certa arrogância.

Pergunta – O senhor é o amante da srta. Louise Bourges?

Resposta – Somos noivos.

Pergunta – O senhor dorme com ela?

Resposta – Ela pode lhes dizer isso, se julgar conveniente.

Pergunta – O senhor passa a maior parte das noites no quarto dela?

Resposta – Se ela lhes disse isso, é porque é verdade.

Pergunta – Quando vocês planejam casar?

Resposta – Logo que possível.

Pergunta – E o que estão esperando?

Resposta – Estamos juntando dinheiro para termos um canto nosso.

Pergunta – No que o senhor trabalhava antes?

Resposta – Eu era ajudante num açougue.

Pergunta – E o que levou o sr. Fumal a contratá-lo como motorista?

Resposta – Para variar, ele comprou o açougue onde eu trabalhava. Depois, reparou em mim e perguntou se eu sabia dirigir. Eu disse a ele que era eu quem fazia as entregas de caminhonete.

Pergunta – Louise Bourges já trabalhava para ele?

Resposta – Não.

Pergunta – Você não a conhecia?

Resposta – Não.

Pergunta – O seu patrão quase nunca andava a pé, certo?

Resposta – Ele tinha três carros.

Pergunta – Ele nunca dirigia?

Resposta – Não. Eu o levava para todos os lugares.

Pergunta – À Rue de l'Étoile também?

Resposta – Também.

Pergunta – O senhor sabe quem ele ia visitar lá?

Resposta – A amante dele.

Pergunta – O senhor a conhece?

Resposta – Já levei os dois dentro do carro, a restaurantes ou a Montmartre.

Pergunta – Nesses últimos dias, Fumal não tentou escapar do senhor?

Resposta – Como assim?

Pergunta – Por exemplo, pedindo para ser levado a algum lugar e depois tomando dali um táxi para outro lugar.

Resposta – Não percebi nada disso.

Pergunta – Ele não pediu que o senhor parasse na frente de alguma papelaria? Não pediu que o senhor comprasse para ele papel e envelopes?

Resposta – Não.

O interrogatório continuava por páginas e mais páginas. Em certo ponto, lia-se o seguinte:

Pergunta – O senhor o considerava um bom patrão?

Resposta – Não existem bons patrões.

Pergunta – O senhor o detestava?

O motorista não respondeu à pergunta.

Pergunta – Louise Bourges teve relações íntimas com ele?

Resposta – Se isso tivesse acontecido, eu teria acabado com ele. Pouco me importa se fosse Fumal ou outra pessoa qualquer... E se o senhor continuar com esse tipo de insinuação...

Pergunta – Ele nem mesmo tentou?

Resposta – Para o bem dele, não.

Pergunta – O senhor o roubava?

Resposta – Como?

Pergunta – Estou perguntando se o senhor não embolsava algum dinheiro quando tinha, por exemplo, de mandar fazer reparos nos carros.

Resposta – Dá para perceber que o senhor não o conhecia.

Pergunta – Ele era meticuloso com as contas?

Resposta – Ele não permitiria que o fizessem de trouxa.

Pergunta – De forma que o senhor tinha apenas o seu salário?

Em outro depoimento, aquele de Louise Bourges, Maigret leu o seguinte:

Pergunta – O seu patrão nunca tentou levá-la para a cama?

Resposta – Ele não precisava de mim para esse tipo de serviço. Ele tinha uma amante.

Pergunta – Ele não se relacionava mais com a mulher?

Resposta – Isso não é da minha conta.

Pergunta – Ninguém nunca lhe ofereceu dinheiro para que a senhorita tentasse influenciá-lo ou para que a senhorita revelasse algum segredo sobre os negócios dele?

Resposta – Ninguém conseguiria influenciá-lo, e ele não contava os seus segredos para ninguém.

Pergunta – A senhorita pensava em parar de trabalhar para ele quando?

Resposta – Assim que possível.

Germaine era a empregada responsável pela limpeza pesada da mansão. Ela também nascera em Saint-

Fiacre, e um de seus irmãos continuava trabalhando por lá. Ele trabalhava em uma das fazendas que pertenciam antigamente aos condes de Saint-Fiacre e que haviam sido compradas por Fumal.

Pergunta – Como foi que a senhora começou a trabalhar para ele?

Resposta – Eu fiquei viúva. Trabalhava para o meu irmão. O sr. Fumal me propôs vir com ele a Paris.

Pergunta – A senhora é feliz aqui?

Resposta – Nunca fui feliz na minha vida.

Pergunta – A senhora gostava do seu patrão?

Resposta – Ele não gostava de ninguém.

Pergunta – E a senhora?

Resposta – Não tenho tempo de ficar me fazendo esse tipo de pergunta.

Pergunta – A senhora sabia que o irmão da sra. Fumal costumava dormir no segundo andar da mansão?

Resposta – Isso não é da minha conta.

Pergunta – A senhora nunca pensou em contar isso ao seu patrão?

Resposta – O que se passa entre o patrão e a patroa não é da nossa conta.

Pergunta – A senhora espera continuar trabalhando para a sra. Fumal?

Resposta – Eu farei o que sempre fiz em toda a minha vida. Estarei onde precisarem de mim.

O telefone tocou no escritório. Maigret atendeu. Era do comissariado da Rue de Maistre, em Montmartre.

– O homem que vocês estão procurando está aqui.

– Que homem?

– Emile Lentin. Ele foi encontrado num bar, perto da Place Clichy.

– Bêbado?

– Bastante.

– Ele disse alguma coisa?

– Nada.

– Leve-o para o Quai des Orfèvres. Devo interrogá-lo a qualquer momento.

Nenhuma arma fora encontrada nem na casa nem nos imóveis conjugados.

O sr. Joseph, sentado numa das desconfortáveis cadeiras renascença da antessala, roía as unhas, esperando que um dos inspetores o interrogasse pela terceira vez.

CAPÍTULO VI

O homem no cubículo e o dinheiro tirado da caixinha.

Às cinco horas, Maigret chegou ao Quai des Orfèvres, onde as luzes estavam acesas. Era mais um dia em que não se via a luz do sol, e ficava até difícil imaginar que ele ainda existisse por trás da atmosfera carregada e da camada espessa de nuvens.

Na sua escrivaninha, havia várias mensagens, como sempre. A maioria delas era a respeito da sra. Britt. O público demora um pouco para se comover. Ele desconfia quando os jornais começam a falar de um caso. Contudo, depois de dois ou três dias, Paris começa a dar atenção ao caso, e em seguida o interior. Nas cidadezinhas mais afastadas, já se falava da inglesa, como também no exterior.

Uma das mensagens vinha de Monte-Carlo, onde ela teria sido vista por duas pessoas. Uma delas, um crupiê. A história não parecia de todo improvável, e o comissário foi até a sala dos inspetores a fim de tomar providências a respeito.

A sala estava quase vazia.

– Trouxeram um homem para o senhor, chefe. Por causa do estado dele, achei melhor fechá-lo no cubículo.

Chamavam assim a uma pequena peça que ficava no final do corredor e era iluminada por uma claraboia, que não se podia alcançar. Depois que um suspeito, trancado em uma das salas, se atirara pela janela, passou-se a usar aquele quartinho de despejo, cuja fechadura fora reforçada e onde se instalara um banco cinza.

– Como ele está?

– Completamente bêbado. Ele se esticou em cima do banco e dormiu. Espero que não tenha vomitado.

Na volta do Boulevard de Courcelles, dentro do táxi, Maigret refletira sobre as circunstâncias estranhas em que o corpo de Fumal fora encontrado.

Todos os depoimentos indicavam que ele era um homem desconfiado e estava longe de ser ingênuo. Ele conhecia bem as pessoas que mantinha ao seu redor.

Como é que o assassino conseguira entrar sem fazer barulho, sem chamar a sua atenção? Uma boa parte do piso não era sequer acarpetada...

Fumal, portanto, conhecia o assassino e deu às costas a ele sem jamais suspeitar que poderia ser atacado.

Maigret havia dado uma olhada nos papéis que estavam dentro do armário de madeira, a maioria deles contratos, escrituras de venda, de cedência, que ele não entendia. O comissário pedira à brigada financeira que lhe enviasse um especialista, que estava agora ali na P.J., estudando os documentos um a um.

Em outro armário, haviam sido encontrados dois pacotes de papel semelhante àquele dos bilhetes anônimos. Moers os estava examinando a fim de descobrir o fabricante. Os inspetores iriam em seguida interrogar os comerciantes que vendiam aquele tipo de papel.

– O diretor não me chamou?

– Não, chefe.

De que adiantaria ir vê-lo agora? Maigret não tinha descoberto nada de concreto até o momento. Encarregavam-no de proteger Fumal, e Fumal aparecia morto horas depois. O ministro poderia estar tanto furioso quanto aliviado.

– Você tem a chave?

A do cubículo. Maigret foi até o fundo do corredor, escutou por um momento atrás da porta. Ele não ouviu nada e abriu-a. Um homem, aparentemente alto, estava deitado sobre o banco, a cabeça escondida entre os braços dobrados.

Não tinha a aparência de um mendigo, mas sua roupa estava gasta, amarrotada, manchada, como a de alguém que se deita e dorme vestido onde quer que seja. Os cabelos, pretos, tinham crescido demais, além do corte, principalmente na região do pescoço.

Maigret tocou-o no ombro, sacudiu-o, e o bêbado acabou por se mexer, resmungar, até que por fim se virou por completo na direção do comissário.

– O que foi? – perguntou ele confuso ao comissário, numa voz pastosa.

– O senhor não quer um copo de água?

Emile Lentin sentou-se. Sem saber onde estava, ele olhou fixamente para o comissário, perguntando-se o que aquele homem estava fazendo ali, parado na sua frente.

– O senhor não se lembra de onde está? O senhor está na Polícia Judiciária. Sou o comissário Maigret.

Pouco a pouco, ele foi voltando a si. O rosto adquiriu uma expressão ao mesmo tempo medrosa e dissimulada.

– Por que me trouxeram aqui?

– O senhor está em condições de compreender o que vou lhe dizer?

Lentin passou a língua nos lábios.

– Tenho sede.

– Por favor, me acompanhe até o meu gabinete.

Maigret deixou Lentin passar à sua frente e reparou que as pernas do homem estavam tão bambas que ele corria o risco de desabar.

– Beba isso – disse o comissário, alcançando-lhe um copo de água e dois comprimidos de aspirina, que o irmão da sra. Fumal tomou sem fazer objeção.

O rosto dele parecia uma ruína. Os olhos estavam vermelhos, e as pupilas pareciam submersas em um líquido viscoso.

– Eu não fiz nada – disse ele, antes mesmo que se fizesse qualquer pergunta.

– Sente-se.

Ele se sentou, hesitante, na ponta de uma das poltronas.

– Quando foi que o senhor soube da morte do seu cunhado?

Lentin o observava sem responder.

– Quando encontraram o senhor em Montmartre, os jornais ainda não tinham saído às ruas. Foram os policiais que contaram ao senhor?

Ele fez um esforço para lembrar. Repetiu:

– Policiais?

– Os policiais que o encontraram no bar.

Ele tentou sorrir educadamente.

– Hum... Lembro-me de algo nesse sentido... Peço desculpas...

– Desde quando o senhor está bêbado?

– Eu não sei... Há muito tempo...

– Mas o senhor sabia que Fumal tinha morrido?

– Eu sabia que isso acabaria assim.

– Isso o quê?

– Que colocariam a culpa em mim.

– O senhor dormiu no Boulevard de Courcelles?

Era visível o esforço que ele fazia para acompanhar o pensamento de Maigret e dar uma resposta que fizesse sentido. Ele devia estar passando por uma ressaca terrível, e o suor pingava-lhe da testa.

– O senhor não poderia me dar ao menos um gole? Não preciso de muito... É só o necessário para que eu me recupere...

O seu grau de dependência era tal que um copinho de bebida lhe restauraria inclusive o equilíbrio, pelo menos por um tempo. Como qualquer viciado, ele sentia o martírio do momento em que se precisa de uma nova dose habitual.

Maigret abriu o armário e serviu um pouco de conhaque num copo, enquanto Lentin lançava a ele um olhar ao mesmo tempo agradecido e espantado. Devia ser a primeira vez que um policial lhe dava uma bebida.

– Agora, trate de responder às minhas perguntas de forma mais precisa.

– Está certo! – disse ele, endireitando-se na cadeira.

– O senhor passou a noite ou uma parte da noite no apartamento da sua irmã, como costuma fazer?

– Sempre que estou naquele bairro, faço isso.

– A que horas o senhor deixou o Boulevard de Courcelles?

Ele olhou novamente para Maigret com atenção, como se pesasse os prós e os contras da resposta que daria.

– É melhor eu dizer a verdade, certo?

– Sem dúvida.

– Foi um pouco depois da uma da manhã, talvez às duas horas. Eu tinha ido até lá depois do meio-dia. Eu me deitei no divã, porque estava cansado.

– O senhor estava bêbado?

– Talvez. É certo que eu tinha bebido.

– E o que aconteceu depois?

– Passou um tempo, e Jeanne, minha irmã, trouxe-me algo para comer, um pedaço de galinha fria. Ela nunca janta com o marido. Levam o jantar para ela numa bandeja. Quando estou na mansão, ela quase sempre pede pratos frios, presunto, frango, e come comigo.

– O senhor não sabe a que horas foi isso?

– Não. Já faz muito tempo que eu não uso relógio.

– Vocês conversaram?

– Não temos muito o que nos dizer.

E essa foi uma das frases mais melancólicas que Maigret ouviu. De fato, o que teriam eles a se dizer? Os dois haviam chegado ao fundo do poço. Tinham ultrapassado o ponto em que as pessoas ainda remoem lembranças amargas.

– Pedi bebida a ela.

– Como é que a sua irmã conseguia bebida? O marido lhe dava?

– Não muito. Quem comprava era eu.

– Ela tinha dinheiro?

Ele suspirou olhando para o armário, mas Maigret não lhe propôs um novo gole.

– É difícil de explicar...

– O que é difícil de explicar?

– Tudo... A vida na mansão... Eu sabia que ninguém me entenderia, e por isso fui embora...

– Um momento. Vamos com calma. A sua irmã lhe trouxe comida, e o senhor pediu bebida a ela. Era já noite, não é mesmo?

– Sim.

– Vocês beberam juntos?

– Uma garrafa ou duas. Ela não se sentia bem. Acontece, às vezes, de ela se sentir sufocada. Ela foi dormir.

– E depois?

– Fiquei deitado no divã e fumei alguns cigarros. Eu queria saber as horas. Escutava o barulho da rua onde já quase não passavam carros. Sem calçar os sapatos, eu fui até o patamar e vi que a casa já estava na penumbra.

– O que o senhor pretendia fazer?

– Eu não tinha dinheiro algum. Nem dez francos. Jeanne também não tinha dinheiro. Fumal nem sempre dava dinheiro a ela, e muitas vezes ela tinha de pedir emprestado às empregadas.

– O senhor pensava em pedir dinheiro ao seu cunhado?

Ele riu.

– Com certeza não! Para que o senhor entenda, eu teria de explicar muita coisa! Ninguém lhe contou o quanto ele é desconfiado? Ele desconfia de todo mundo. Todos os móveis, na mansão, são trancados a chave. Mas eu descobri uma coisa. A secretária, a srta. Louise, tinha sempre dinheiro na gaveta dela. Não muito. Nunca mais de cinco ou seis mil francos, em moedas ou notas pequenas, que ela usava para comprar selos, pagar os entregadores, dar gorjetas. Era o que eles chamavam de caixinha... Às vezes, quando eu estava duro, descia ao escritório e pegava algumas notas de cem francos...

– Fumal nunca o surpreendeu?

– Não. Eu escolhia normalmente as noites em que ele não estava em casa. Aconteceu uma ou duas vezes de ele estar dormindo, mas ninguém ouviu nada. Eu ando como um gato.

– Ontem ele não estava deitado?

– Não na cama.

– O que foi que ele disse quando o viu?

– Ele não disse nada, pela única razão de que estava morto, estendido sobre o tapete.

– O senhor pegou o dinheiro mesmo assim?

– Estive a ponto de roubar-lhe a carteira. O senhor pode ver como estou sendo franco. Eu sabia que cedo ou tarde me acusariam do crime e que era melhor passar um bom tempo longe da mansão.

– A luz do escritório estava acesa?

– Se estivesse acesa, eu não teria nem entrado.

– O senhor a acendeu?

– Não. Eu tenho uma lanterninha.

– Onde foi que o senhor tocou?

– Eu toquei na mão dele, que estava fria. Concluí, portanto, que ele estava morto. Depois eu abri a gaveta da secretária.

– O senhor estava usando luvas?

– Não.

Seria fácil verificar o que ele dizia. Os especialistas haviam tirado as impressões digitais nos dois escritórios. Eles estavam agora classificando-as. Se Lentin dizia a verdade, suas impressões seriam encontradas sobre a escrivaninha da srta. Bourges.

– O senhor não viu o revólver?

– Não. Meu primeiro impulso foi o de sair sem falar com a minha irmã. Depois, pensei que fosse melhor avisá-la. Voltei, acordei-a e disse: "O seu marido está morto". Ela não acreditava. Desceu comigo de camisola. Eu iluminei o corpo com a lanterna, e ela o observou da porta.

– Ela não tocou em nada?

– Ela sequer entrou na peça e disse: "Ele morreu mesmo. Finalmente!".

Isso explica a falta de reações da mulher quando Maigret, pela manhã, deu-lhe a notícia da morte de Fumal.

– E depois?

– Subimos novamente e bebemos.

– Para festejar o acontecimento?

– Mais ou menos. Em certo momento, nos alegramos bastante, e creio que chegamos a rir. Não me lembro direito se fui eu ou se foi ela quem disse "nosso pai se enforcou antes do tempo...".

– Vocês não pensaram em chamar a polícia?

Lentin olhou para ele espantado. Por que eles chamariam a polícia? Fumal estava morto. Para eles, essa era a única coisa que importava.

– Por fim, pensei que era melhor eu ir. Se me encontrassem na casa...

– Que horas eram?

– Não sei. Caminhei até a Place Clichy, e quase todos os bares estavam fechados. Acho que só tinha um aberto. Bebi alguma coisa. Depois segui pelos bulevares até Pigalle. Ali entrei em outro bar e mais tarde acabei dormindo num banco, mas nem sei onde. De manhã cedo, me expulsaram. Voltei a caminhar. Fui dar uma olhada na mansão, pelo Boulevard des Batignolles.

– Por quê?

– Para saber como as coisas estavam se desenrolando. Vi automóveis estacionados na frente, um policial na entrada. Não me aproximei. Caminhei...

A palavra retornava a todo o momento como um *leitmotiv*. E de fato, caminhar, assim como entrar em bares e ficar bebendo, era uma das principais atividades de Lentin.

– O senhor nunca trabalha?

– Às vezes trabalho de ajudante em algum estabelecimento dos Halles ou no cais.

Ele também devia ocasionalmente trabalhar de porteiro em hotéis, praticar pequenos furtos. Maigret pediria que verificassem se ele já havia sofrido alguma condenação.

– O senhor tem alguma arma?

– Se eu tivesse, já a teria vendido há tempos. A própria polícia teria tomado de mim, numa das inúmeras vezes em que me recolheram durante a noite.

– E a sua irmã?

– O que tem ela?

– Ela não tem nenhuma arma?

– O senhor pelo visto não a conhece... Senhor comissário, estou cansado. Eu lhe disse tudo o que sabia... Se o senhor pudesse pelo menos me dar mais uma dosezinha...

Ele lançou a Maigret um olhar humilde, suplicante.

– Uma dosezinha de nada!

Maigret se dirigiu ao armário. Que diferença faria uma dose a mais? Lentin observava-o aliviado.

– Não sente vergonha pela sua mulher e por seus filhos?

Com o copo na mão, o homem hesitou por um momento, depois tomou a bebida de um gole só. Murmurou então em tom entristecido:

– Por que o senhor me fala disso? Meus filhos já são adultos. Dois deles são casados e, se me vissem na rua, sequer me cumprimentariam.

– Quem matou Fumal?

– Se eu soubesse quem foi, estaria agradecendo à pessoa. Eu mesmo o teria matado, se tivesse coragem. Quando meu pai morreu, prometi a mim mesmo que o faria. E disse isso a minha irmã. Foi ela quem me fez ver que eu acabaria meus dias na prisão por causa de um crime que não resolveria nada. Mas se eu tivesse descoberto um jeito de não ser apanhado...

Muito provavelmente, o assassino de Fumal também esperara pela ocasião menos arriscada.

– Tem mais alguma coisa que o senhor queira saber?

Não. Maigret não tinha mais nenhuma pergunta. Ele apenas disse:

– O que o senhor vai fazer se o soltarmos?

Lentin fez um gesto vago com a mão, indicando a cidade onde ele vagaria novamente.

– O senhor vai ficar aqui por um ou dois dias.

– Sem beber?

– Amanhã de manhã, peço que lhe levem um copo de vinho. Mas agora o senhor precisa dormir.

O banco do cubículo era duro. Maigret chamou um inspetor.

– Leve-o até o depósito. Ele precisa comer e depois dormir.

Ao se levantar, o homem deu uma última olhada para o armário, abriu a boca para pedir uma outra dose, mas resolveu se conter e saiu balbuciando:

– Obrigado...

Maigret chamou o inspetor.

– Tire as impressões digitais dele e leve para Moers.

O comissário explicou ao inspetor em poucas palavras o motivo. Enquanto isso, o irmão da senhora Fumal esperava parado no meio do corredor deserto, sem pensar em fugir.

Maigret permaneceu por mais dez longos minutos no gabinete, fumando cachimbo e refletindo sobre o caso. Por fim, ele se levantou da cadeira e foi até a sala dos inspetores. Ela continuava quase vazia. O comissário ouviu um murmúrio numa sala adjacente e se dirigiu até lá, onde encontrou reunidos todos os inspetores que haviam trabalhado durante o dia na mansão do Boulevard de Courcelles.

O único a permanecer na mansão fora Neveu, que alguém substituiria a qualquer momento.

Seguindo as ordens do comissário, os inspetores comparavam as respostas dadas ao longo dos diferentes interrogatórios.

Quase todo mundo havia sido interrogado duas ou três vezes. O sr. Joseph fora chamado cinco vezes e, entre um depoimento e outro, voltava sempre para o patamar, onde ficava esperando ao lado das cadeiras renascença e das duas estátuas de mármore.

– Tenho de tratar de certos negócios. Será que não podem me liberar?

– Não.

– Nem mesmo para que eu vá comer?

– Há uma cozinheira na casa.

A cozinha ficava no térreo, atrás do quarto de Victor. A cozinheira era uma mulher gorda, já de idade, viúva. Ela parecia ignorar tudo o que acontecia na casa. Algumas de suas respostas eram típicas:

Pergunta – O que é que a senhora pensa do sr. Fumal?

Resposta – Eu não penso nada. Eu nem mesmo o conhecia. Eu trabalho aqui embaixo e ele come lá em cima...

Pergunta – Ele nunca descia até aqui para falar com a senhora?

Resposta – Ele me chamava de vez em quando para me dar instruções. Uma vez por mês eu devia prestar contas dos gastos para ele.

Pergunta – Ele era mesquinho com o dinheiro?

Resposta – O que o senhor entende por mesquinho?

Ao ser interrogada a respeito da srta. Bourges, ela respondera:

Resposta – Com quem é que ela dorme ou deixa de dormir, isso para mim pouco importa! Ela é adulta.

Sobre a sra. Fumal:

Resposta – Há de tudo nesse mundo!

Pergunta – Há quanto tempo a senhora trabalha aqui?

Resposta – Três meses.

Pergunta – A senhora não achou o clima da casa um pouco estranho?

Resposta – Se o senhor tivesse visto tudo o que eu já vi nas casas desse tipo de gente!

Ela já havia trabalhado em dezenas de casas.

Pergunta – A senhora não estava contente no seu emprego anterior?

Resposta – Não gosto de ficar muito tempo num mesmo lugar.

De fato, de meses em meses ela retornava à agência de empregos, onde era bem conhecida. Ela sempre escolhia trabalhos temporários, como substituições ou atendimento a estrangeiros de passagem.

Pergunta – A senhora não viu nenhuma movimentação diferente? Não ouviu nada?

Resposta – Tenho um sono pesado.

Maigret exigia dos seus colaboradores um trabalho minucioso, porque ele esperava que fosse descoberta, nas respostas dos diferentes empregados, por mais insignificantes que fossem, alguma contradição que pudesse revelar uma pista.

Era pouco provável que Roger Gaillardin fosse o assassino. E, nesse caso, Fumal devia ter sido assassinado por alguém de dentro da casa.

O inspetor Vacher, que vigiara a mansão durante a noite, confirmava o depoimento de Victor.

Um pouco antes das oito horas, o carro de Fumal tinha voltado à mansão. Félix, o motorista, dirigia. No banco de trás, estavam Fumal e a secretária.

Depois disso, Victor fechara o portão.

Louise Bourges, segundo dizia Victor, subira junto com o patrão ao primeiro andar. Ela ficara lá apenas alguns minutos, depois do que se dirigira, passando pela cozinha, à sala em que os empregados faziam as refeições.

Ela jantara ali. Germaine tinha subido para servir o jantar ao sr. Fumal. Noémi levara um prato de comida ao segundo andar para a sra. Fumal.

Tudo isso parecia incontestável. Não havia qualquer contradição entre os depoimentos.

Depois do jantar, Louise Bourges voltara ao escritório, onde permanecera por cerca de meia hora. Perto das nove e meia, ela atravessou o pátio e foi até as dependências dos empregados.

Ao ser interrogado a respeito, Félix tinha dito:

Resposta – Fui ao quarto dela, como faço quase todas as noites.

Pergunta – Por que vocês costumavam dormir no quarto dela, e não no seu?

Resposta – Por que o quarto dela é maior.

Louise Bourges, sem se envergonhar, havia dito a mesma coisa.

Germaine dissera:

Resposta – Ouvi os dois fazendo barulho por pelo menos uma hora. Ela parece uma mulher fria. Mas se o senhor fosse obrigado a dormir no quarto ao lado, separado por nada mais que um tabique...

Pergunta – A que horas a senhora conseguiu dormir?

Resposta – Às dez e meia.

Pergunta – A senhora não ouviu mais nada durante a noite?

Resposta – Não.

Pergunta – A senhora sabia que Emile Lentin visitava a irmã na mansão?

Resposta – Todo mundo sabia.

Pergunta – Todo mundo, quem?

Resposta – Noémi, a cozinheira...

Pergunta – Como a cozinheira poderia saber disso se ela mal sai da cozinha?

Resposta – Por que eu contei a ela.

Pergunta – Contou a ela?

Resposta – Quando ele está lá, é obrigada a servir porções duplas, por isso tive de explicar!

Pergunta – Victor sabe?

Resposta – Nunca comentei nada com ele. Eu não confio nele. Mas não sei como fazem para que ele não descubra.

Pergunta – E a secretária?

Resposta – Félix deve ter contado a ela.

Pergunta – E como Félix sabia?

Resposta – Noémi contou a ele.

Portanto, quase todo mundo sabia que Lentin frequentemente dormia no pequeno quarto do segundo andar, exceto talvez Ferdinand Fumal.

O sr. Joseph, que dormia logo acima, disse o seguinte:

Pergunta – O senhor conhece Emile Lentin?

Resposta – Eu o conhecia antes de ele começar a beber.

Pergunta – Foi o cunhado quem o arruinou?

Resposta – As pessoas que se arruínam sempre põem a culpa nos outros.

Pergunta – O senhor pensa que ele agiu de forma imprudente com os próprios negócios?

Resposta – Ele se achou mais esperto do que realmente era.

Pergunta – O senhor quer dizer que ele de repente se viu diante de alguém que era mais esperto do que ele?

Resposta – Se o senhor quer pôr as coisas nesses termos...

Pergunta – Ele tentou obter algum empréstimo com o cunhado a fim de se salvar?

Resposta – Provavelmente.

Pergunta – Mas sem resultado?

Resposta – Mesmo quando se é rico, não é possível ajudar a todos os falidos...

Pergunta – O senhor, alguma vez, viu Lentin no Boulevard de Courcelles?

Resposta – Anos atrás.

Pergunta – Onde?

Resposta – No escritório do sr. Fumal.

Pergunta – E como foi o encontro entre eles?

Resposta – Fumal o colocou para fora.

Pergunta – O senhor não o viu depois disso?

Resposta – Uma vez, na rua, perto da Place du Châtelet. Ele estava bêbado.

Pergunta – O senhor conversou com ele?

Resposta – Ele me disse que Fumal era um salafrário e me encarregou de transmitir o recado diretamente ao cunhado.

Pergunta – É do seu conhecimento que ele passava, às vezes, a noite na mansão?

Resposta – Não.

Pergunta – Se o senhor soubesse, teria contado ao seu patrão?

Resposta – Provavelmente.

Pergunta – Mas o senhor não tem certeza de que contaria?

Resposta – Nunca pensei sobre isso.

Pergunta – Ninguém lhe comentou nada a respeito?

Resposta – Não tenho o hábito de cochichar com os empregados da casa. Ninguém nunca vem me contar nada.

Isso era verdade. Estava de acordo com o que diziam os empregados. Noémi expressou o que todos sentiam pelo sr. Joseph da seguinte maneira:

Resposta – Ele morava na casa como um rato mora no telhado. Não o víamos entrar nem sair. Não sabíamos nem mesmo o que ele fazia.

Quanto ao resto da noite, os depoimentos também concordavam. Um pouco depois das nove e meia, o sr. Joseph tocara a campainha. Victor abrira a porta da frente para ele.

Pergunta – Por que o senhor não entrou pela porta dos fundos, se o senhor tem a chave?

Resposta – Eu só utilizo a porta dos fundos quando está muito tarde, ou se vou diretamente ao meu apartamento.

Pergunta – O senhor foi até o primeiro andar?

Resposta – Sim. Já lhe disse três vezes.

Pergunta – O sr. Fumal estava vivo?

Resposta – Tanto quanto eu e o senhor estamos agora.

Pergunta – Sobre o que vocês conversaram?

Resposta – Negócios.

Pergunta – Havia mais alguém no escritório?

Resposta – Não.

Pergunta – Fumal não disse se estava esperando uma visita?

Resposta – Sim.

Pergunta – E por que o senhor não nos contou isso antes?

Resposta – Porque ninguém me perguntou. Ele estava esperando por Gaillardin, que viria pedir mais prazos para pagar suas dívidas. Decidimos que não lhe concederíamos mais nada.

Pergunta – O senhor não ficou para participar do encontro?

Resposta – Não.

Pergunta – Por quê?

Resposta – Por que eu não gosto de presenciar momentos como esses, em que as pessoas são liquidadas.

O mais extraordinário é que aquilo parecia verdade. O sr. Joseph parecia capaz de todas as patifarias, de todas as baixezas, exceto encarar uma pessoa nos olhos no momento em que ela seria lançada aos cães.

Pergunta – Lá de cima, o senhor ouviu Gaillardin entrar?

Resposta – Lá de cima, não se escuta nada do que se passa no térreo ou no primeiro andar.

Pergunta – O senhor não teve curiosidade de descer para dar uma olhada no que estava acontecendo?

Resposta – Eu sabia de antemão o que iria acontecer.

Ele imediatamente se deu conta do duplo sentido daquilo que dizia e então se corrigiu:

Resposta – Quero dizer que eu sabia que o sr. Fumal diria não, e que Gaillardin suplicaria, falaria da mulher, dos filhos, como todos fazem, mesmo quando têm uma amante. E eu sabia que a conversa de Gaillardin não lhe serviria para nada.

Pergunta – O senhor pensa que ele matou Fumal?

Resposta – Eu já lhe disse o que eu penso.

Pergunta – Nos últimos dias, houve alguma discussão entre o senhor e o seu patrão?

Resposta – Nós nunca discutimos.

Pergunta – Quanto de dinheiro o senhor recebia?

Resposta – Para saber isso, basta dar uma olhada na minha declaração de imposto de renda.

Pergunta – Isso não é uma resposta.

Resposta – É a melhor resposta.

Ninguém o tinha visto descer. É verdade que também não tinham visto Emile Lentin descer, primeiro sozinho, depois acompanhado da irmã, e por fim sair da mansão pela pequena porta da Rue de Prony.

Um pouco antes das dez horas, um táxi havia parado em frente à casa. Gaillardin descera e tocara a campainha.

Quinze minutos depois, o inspetor Vacher vira Gaillardin sair da casa e caminhar na direção da Rue de l'Étoile, olhando de vez em quando para trás, na esperança de encontrar um táxi.

Vacher não havia vigiado a porta dos fundos, porque sequer sabia da existência dela.

Era possível pensar que esse erro fosse resultado de um descuido de Maigret, que não acreditara na história das cartas anônimas e estava protegendo Fumal a contragosto.

A fumaça do cachimbo e dos cigarros tomava conta da sala. Os inspetores, vez por outra, passavam entre si as páginas dos depoimentos, marcadas com lápis azul ou vermelho.

– O que vocês acham de um copo de cerveja? – perguntou Maigret.

Precisavam ainda de um bom tempo para terminar de reler e comparar todos os interrogatórios. Mais tarde, pediriam sanduíches.

O telefone tocou. Alguém atendeu.

– É para o senhor, chefe.

Era Moers, confirmando que as impressões digitais de Lentin haviam sido encontradas apenas na maçaneta da porta e na escrivaninha da secretária.

– Alguém tem de estar mentindo! – explodiu Maigret irritado.

A não ser que não houvesse assassino, mas isso era impossível.

CAPÍTULO VII

Um simples problema de aritmética e uma recordação nem tão inocente da guerra.

MAIGRET SENTIU UM ALÍVIO profundo, voluptuoso, como aquele proporcionado por um banho quente após três dias viajando de trem.

Ele tinha consciência de estar dormindo na sua cama, ao lado da mulher. Ele sabia também que eram cerca de dez horas da noite, não muito mais do que isso.

Mas ele estava sonhando. Não acontece seguido das pessoas terem, em sonhos, uma visão mais clara das coisas do que quando estão acordadas? Às vezes, os sonhos aguçam o espírito em vez de entorpecê-lo.

Já lhe acontecera uma vez, quando era estudante. Passara a tarde toda tentando resolver uma questão difícil, cuja solução surgiu-lhe apenas no meio da noite, durante um sonho. Ao acordar, tinha se esquecido dela, mas com o tempo acabou lembrando.

A mesma coisa acontecia agora. Se naquele momento a sua mulher tivesse acendido a lâmpada de cabeceira, ela teria surpreendido sobre o rosto do marido um sorriso satisfeito.

Ele ria de si mesmo. Se o caso lhe parecia tão trágico, era porque ele se preocupara demais. Com a idade e a experiência de Maigret, fazia sentido que ele tivesse medo de um ministro cujo cargo não duraria provavelmente mais do que duas semanas ou um mês?

Desde o início, quando Bumbum fora visitá-lo no seu gabinete, ele tinha reagido mal. E em vez de procurar se recobrar, acalmar os nervos fumando tranquilamente um cachimbo, bebendo um copo de cerveja, ele tinha se desgastado ainda mais.

A solução do problema agora lhe aparecia espontaneamente, como lhe acontecera no passado. Ela emergia como uma bolha de ar sobe à superfície da água.

Estava tudo terminado! Na manhã seguinte, ele tomaria as providências necessárias, e o caso Fumal estaria resolvido. Restaria apenas o problema do desaparecimento da sra. Britt.

O importante era não se esquecer do que descobrira. Guardar aquela ideia na mente com clareza em uma ou duas frases. A verdade se diz em poucas palavras. De quem era essa máxima? Não importava. Uma única frase. Depois se levantar e...

Ele abriu os olhos, de repente, na escuridão do quarto, e franziu o cenho. O sonho ainda não tinha acabado. Onde estava a verdade que ele havia encontrado?

Sua mulher dormia no calor dos cobertores. Ele se deitou de costas para refletir mais à vontade.

Tratava-se de algo muito simples, ao qual ele não tinha dado nenhuma importância durante o dia. Ao aparecer-lhe em sonho, isso o fizera rir. Por quê?

Maigret tentava recuperar o fio da meada. A descoberta estava relacionada com alguém que ele encontrara diversas vezes.

Um fato insignificante. Chegava a ser um fato? Um indício material?

Uma tensão dolorida tomou o lugar do relaxamento provocado pelo sonho. Maigret fazia um esforço enorme para se lembrar com clareza de todos os detalhes da mansão do Boulevard de Courcelles, dos seus habitantes, das visitas que tinham ido lá.

No Quai des Orfèvres, ele e os inspetores haviam trabalhado até às dez horas da noite nos depoimentos, cujas frases eles agora sabiam de cor, sem com isso serem capazes de entender o seu significado. Pareciam lengalengas.

Aquilo que ele tinha descoberto em sonho estava nos depoimentos? Dizia respeito a Louise Bourges e Félix?

Parece que sim, era preciso refletir nessa direção. Nada provava que as cartas anônimas não tivessem sido escritas pela própria secretária. Maigret não perguntara o quanto ela ganhava. Ela devia ganhar o mesmo que qualquer outra secretária, ou talvez até menos.

Ela era amante de Félix, e admitia isso sem rodeios, mas acrescentando o seguinte:

– Somos noivos.

O motorista dizia a mesma coisa.

– Quando vocês planejam casar?

– Quando tivermos economizado o suficiente para comprarmos uma pousada em Giens.

Ninguém fala em noivado quando se pensa em casamento somente para daqui a quinze anos.

Maigret, na cama, calculava. Supondo que Louise e Félix gastassem apenas o necessário com roupas e pequenas despesas ocasionais, que eles economizassem quase todo o salário, seria preciso no mínimo dez anos para que eles pudessem comprar um estabelecimento comercial dos mais modestos.

Não era isso que ele tinha descoberto no sonho, mas esse era um raciocínio que devia ser levado em consideração.

Um dos dois devia ter encontrado um meio de conseguir dinheiro mais rápido. E, se eles permaneciam a contragosto no Boulevard de Courcelles, talvez fosse porque esperassem conseguir o dinheiro com Fumal.

Fumal havia humilhado a secretária, tratando-a da forma mais ignóbil possível.

Ela não tinha contado isso nem a Maigret nem aos inspetores.

Teria ela contado a Félix? Teria o motorista mantido a calma ao saber que Fumal fizera com que sua amante se despisse, só para depois mandá-la se vestir de novo, com um comentário grosseiro?

Mas não era nada disso o que ele tinha descoberto no sonho. Era algo nesse sentido, porém muito mais revelador.

Maigret tentou voltar a dormir, a fim de recuperar o sonho, mas não conseguia mais. Seu espírito trabalhava incansavelmente como o mecanismo de um relógio.

Havia um outro detalhe, mais recente... Maigret apertou os dentes, como que para tentar encontrá-lo, para se concentrar, e de repente ele viu Emile Lentin no seu gabinete, ouviu sua voz. O que ele havia dito sobre Louise Bourges? Ele não tinha falado dela diretamente, mas de algo que dizia respeito a ela...

Ele confessara...

Sim! Maigret parecia ter chegado a algum lugar. Emile Lentin confessara que muitas vezes descia descalço ao escritório para pegar dinheiro da caixinha, algumas notas de cem francos.

Ora, esse dinheiro ficava na gaveta de Louise. Era ela a responsável pela caixinha e devia controlar as despesas num caderninho, como se costuma fazer.

De acordo com Lentin, esses furtos aconteciam com frequência.

Louise não comentara nada sobre o assunto quando interrogada. Como ela não havia se dado conta, não havia reparado que as contas não estavam fechando?

O provável é que ela tivesse deixado de mencionar o fato de propósito.

Talvez ela mesma pegasse alguma quantia da caixinha.

Talvez soubesse quem cometia os furtos e tivesse alguma razão para permanecer calada.

Maigret teve vontade de fumar um cachimbo e levantou-se sem fazer barulho, levando quase dois minutos para deslizar para fora dos lençóis e aproximar-se da cômoda. Sra. Maigret resmungou, deu um suspiro, mas não acordou. O comissário não deixou que o fósforo queimasse por mais de um segundo, escondendo-o com a mão.

Sentado na poltrona, ele continuou a refletir.

Mesmo que ele não se lembrasse do sonho, tinha feito algum progresso. O dinheiro tirado da caixinha. Louise Bourges talvez soubesse dos furtos e conhecesse o autor deles...

Em pensamento, ele voltou até o escritório, onde tinha passado boa parte do dia. Duas grandes janelas davam para o pátio. Do outro lado do pátio, estavam as antigas estrebarias, e acima delas as dependências de todos os empregados.

Ele tinha visitado as peças. O quarto da secretária, onde Félix se encontrava com ela, era o do segundo andar à direita, exatamente em frente ao escritório.

Ele tentava se lembrar das descrições, especialmente a de Lapointe, o primeiro a chegar no local. Havia alguma referência a cortinas?

Na casa, lembrava-se o comissário, as janelas eram cobertas por um tule fininho, que atenuava a luz do dia, mas seria insuficiente para esconder o que se passava do lado de dentro à noite se as peças estivessem iluminadas.

Havia também cortinas vermelhas em estilo império. No momento da chegada de Lapointe, estariam elas abertas ou fechadas?

Maigret teve vontade de ligar para a casa de Lapointe, a fim de lhe fazer aquela pergunta, que lhe pareceu da maior importância. Se não se fechavam as cortinas, Louise e Félix deviam ter conhecimento de tudo o que acontecia no escritório.

Mas que importância tinha isso?

Eles poderiam ter visto, do quarto, a confusão da noite anterior. Poderiam conhecer a identidade do assassino.

Em um canto do escritório, havia um cofre, de altura superior a um metro, que só poderia ser aberto no dia seguinte, na presença de um juiz e do notário.

O que Fumal guardava naquele cofre? Nenhum testamento fora encontrado entre os documentos dele. Haviam telefonado ao notário, o sr. Audoin, e ele dissera não saber de nenhum testamento.

Maigret continuava tentando se lembrar do sonho, imóvel na escuridão, mas tinha a impressão de não estar no caminho certo. A revelação do sonho tinha sido bem mais esclarecedora e completa.

Lentin descera várias vezes ao escritório. Em algumas delas, Fumal dormia no quarto.

Essa também era uma perspectiva a ser explorada. Havia uma peça entre o escritório e o quarto, a qual devia dissipar os ruídos. Mas Fumal desconfiava de tudo e de todos.

Não era de ontem que Lentin furtava o dinheiro da caixinha. Seria possível que Fumal nunca tivesse ouvido algum ruído?

Ele tinha a disposição física de um frouxo. No colégio, provocava os colegas e, quando ia ser agredido, reclamava:

– Não me machuque!

Ou ainda, o que era mais comum: pedia a proteção da professora.

Supondo que Lentin tenha ido, dez dias antes, tirar algum dinheiro da caixinha... Supondo que Fumal tenha ouvido algum barulho...

Maigret imaginava o rei dos açougues segurando com força o revólver, sem ousar levantar da cama para ver o que estava acontecendo.

Se ele não sabia, como era possível, da presença do cunhado na casa, ele devia suspeitar de várias pessoas, incluindo o sr. Joseph, a secretária, talvez a mulher.

Talvez ele não pensasse no dinheiro da caixinha.

Por que um desconhecido entraria em seu escritório? Não abriria a porta do seu quarto?

A cena fazia sentido. Não era ainda aquilo com que Maigret havia sonhado, porém um passo a mais. Assim se poderia explicar por que Fumal estava escrevendo as cartas anônimas. Com elas, teria uma desculpa para procurar a polícia.

Ele poderia procurar a polícia sem as cartas, mas para isso teria de confessar o medo permanente em que vivia.

A sra. Maigret resmungou, levantou as cobertas e perguntou de repente, espantada:

– Onde você está?

E ele, do fundo da poltrona:

– Estou aqui.

– O que você está fazendo?

– Fumando um cachimbo. Eu não conseguia dormir.

– Que horas são?

Ele acendeu a luz. O despertador marcava três horas e dez minutos. Ele esvaziou o cachimbo e voltou a se deitar, insatisfeito. Não conseguiu recuperar o sono, mas não se levantou senão com o cheiro do café fresco. O que o surpreendeu em seguida foi ver o sol. Um raio de sol penetrava no quarto depois de pelo menos duas semanas ininterruptas de dias nublados e de chuva.

– Você não estava sonâmbulo essa noite?

– Não.

– Você se lembra de ter ficado fumando cachimbo, sentado no escuro?

– Sim.

Ele se lembrava de tudo, das reflexões que tinha feito. Menos do sonho! Maigret vestiu-se, tomou café e foi a pé até a Place de la République a fim de pegar o ônibus. No caminho, comprou os jornais da manhã em uma banca.

As pessoas tinham uma expressão alegre, por causa do sol. A atmosfera já não estava mais tão úmida e embolorada. O céu era de um azul bem claro. A calçada secara e só continuavam molhados os troncos das árvores.

Fumal, o rei dos açougues...

Os jornais da manhã repetiam as mesmas informações da noite, com um pouco mais de detalhes, novas fotografias, incluindo uma de Maigret, saindo da mansão do Boulevard de Courcelles, com o chapéu caído sobre os olhos, um ar mal-humorado.

Um dos subtítulos o surpreendeu:

No dia da morte, Fumal havia pedido proteção à polícia.

A informação tinha vazado de algum lugar. Talvez do ministério, onde várias pessoas deviam ter tomado conhecimento do telefonema do açougueiro. Era possível também que Louise Bourges tivesse feito algum comentário, quando entrevistada pelos jornalistas.

Um dos inspetores poderia ter dado com a língua nos dentes sem se dar conta.

Alguns momentos antes do fim trágico, Ferdinand Fumal teria ido ao Quai des Orfèvres, para informar o comissário Maigret das graves ameaças que estava recebendo. Parece que um inspetor da Polícia Judiciária vigiava a mansão do lado de fora no momento em que Fumal era assassinado.

Não se falava do ministro, mas se dava a entender que Fumal exercia uma enorme influência política.

Maigret subiu lentamente a escadaria. Cumprimentou Joseph com um aceno de mão, esperando que ele dissesse que o diretor já estava esperando por ele. Mas Joseph não disse nada.

No gabinete, relatórios o esperavam sobre a mesa.

O do médico-legista confirmava aquilo que ele já sabia. Fumal havia sido morto à queima-roupa. O tiro fora disparado a menos de vinte centímetros do corpo. A bala tinha sido encontrada na caixa torácica.

De acordo com o especialista, a bala havia sido atirada de uma pistola Luger automática. O mesmo tipo usado pelos alemães na última guerra.

Um telegrama de Monte-Carlo falava da sra. Britt: não era ela quem tinha sido vista nas mesas de jogo, mas sim uma holandesa parecida com ela.

A campainha da reunião soou no corredor, e Maigret dirigiu-se suspirando à sala do diretor, onde apertou distraidamente a mão de seus colegas.

Como era de se esperar, ele era o centro das atenções. Os inspetores sabiam melhor do que ninguém o quanto era delicada a sua situação e testemunhavam discretamente o seu apoio e a sua simpatia.

O diretor fingia ser otimista e não dar maior importância ao caso.

– Nada de novo, Maigret?

– A investigação continua.

– Você já leu os jornais?

– Acabo de dar uma olhada. Só estarão satisfeitos quando prendermos alguém.

A imprensa iria aborrecê-lo. Junto com o mistério do desaparecimento da inglesa, a morte de Fumal não aumentaria em nada o prestígio da P.J.

– Estou fazendo o melhor que posso – suspirou Maigret.

– Tem alguma pista?

Ele deu de ombros. Podia chamar as conclusões a que tinha chegado de pistas? Cada um falou dos casos de que estava encarregado e, quando se separaram, os olhares que os colegas lançavam a Maigret pareciam condolências.

O especialista do setor de finanças estava no gabinete do comissário, à sua espera. Maigret escutou-o distraído, pois procurava a todo custo se lembrar do sonho.

Os negócios de Fumal eram de um volume ainda maior do que davam a entender os jornais. Em poucos anos, ele havia praticamente organizado um verdadeiro cartel do comércio de carnes.

– Por trás dessas operações, há alguém com uma inteligência diabólica – explicava o especialista. – Alguém com um considerável conhecimento na área jurídica. Seria preciso meses para se fazer um levantamento das sociedades e filiais ligadas, em última instância, a Fumal. O pessoal da arrecadação está agora se ocupando disso...

A inteligência por trás dos negócios devia ser certamente a do sr. Joseph. Fumal já era rico antes de conhecê-lo, mas só depois é que se tornara tão poderoso.

O setor financeiro do Ministério Público, bem como o pessoal do imposto de renda, se eles estivessem interessados, cuidariam de tais questões.

A obrigação de Maigret era encontrar quem havia atirado em Fumal à queima-roupa no escritório, enquanto Vacher vigiava a casa do lado de fora.

Ligaram para Maigret. Insistiam em falar com ele pessoalmente. Era a sra. Gaillardin, a verdadeira, a esposa que vivia em Neuilly. Ela ligava de Cannes, para onde fora com os filhos. Ela queria detalhes sobre a investigação. Um jornal da Côte d'Azur, dizia ela, informava que Gaillardin, depois de matar Fumal no Boulevard de Courcelles, suicidara-se em Puteaux.

– Telefonei hoje de manhã ao meu advogado. Quero que o senhor saiba, desde já, que a mulher da Rue François-Ier não tem direito algum a nada. Meu marido e eu nunca pensamos em nos divorciar e nos casamos em regime de comunhão de bens. Meu advogado vai provar que Fumal o roubou e exigir quantias que...

Maigret suspirava, com o fone no ouvido, murmurando de tempos em tempos:

– Sim, senhora... Muito bem...

No final da conversa, ele perguntou:

– O seu marido tinha uma Luger?

– O quê?

– Nada. Ele participou da última guerra?

– Ele era reformado.

– Ele não foi preso ou deportado à Alemanha?

– Não. Por quê?

– Por nada. A senhora alguma vez viu uma arma no apartamento de vocês em Neuilly?

– Ele tinha uma, mas a levou para a casa dessa... dessa...

– Está certo, obrigado. Preciso desligar.

A mulher parecia determinada a defender o que era de direito dos filhos.

Maigret foi até a sala dos inspetores, olhou ao redor e perguntou:

– Lapointe não está aqui?

– Ele deve ter ido ao banheiro.

O comissário ficou um tempo esperando.

– Aillevard ainda não apareceu?

Lapointe retornou por fim e ficou vermelho ao ver que Maigret o esperava.

– Diga, meu jovem... Ontem de manhã, quando você entrou no escritório, na mansão do Boulevard de Courcelles... Pense bem... As cortinas estavam abertas ou fechadas?

– Estavam como o senhor as encontrou. Nem eu nem ninguém mexeu nelas.

– Elas estavam, portanto, abertas?

– Sem dúvida. Posso jurar. Eu me lembro, inclusive, de ter observado as antigas estrebarias no fundo do pátio.

– Venha comigo...

Era um hábito do comissário levar sempre alguém junto consigo quando fazia uma investigação. Dentro do carro preto da P.J., ele mal abriu a boca. No Boulevard de Courcelles, foi ele quem tocou a campainha, e Victor veio abrir a porta.

Maigret observou que ele não estava barbeado. Assim, ele realmente parecia mesmo mais um caçador clandestino do que um criado ou porteiro.

– O inspetor está lá em cima?

– Sim. Levaram a ele café e croissants.

– Quem levou?

– Noémi.

– O sr. Joseph desceu?

– Eu não o vi.

– E a srta. Louise?

– Há meia hora, ela estava tomando café na cozinha. Não sei se ela já subiu.

– E Félix?

– Está na garagem.

Avançando um pouco, Maigret pôde vê-lo, através da janela, polindo um dos carros, como se nada tivesse acontecido.

– O notário ainda não chegou?

– Eu não sabia que estavam esperando por ele.

– Estamos esperando também pelo juiz de instrução. Quando eles chegarem, leve-os até o escritório.

– Certo, senhor comissário.

Maigret tinha uma pergunta na ponta da língua, mas, no momento de formulá-la, ela fugiu da memória. Talvez não fosse nada importante.

No primeiro andar, eles encontraram o inspetor Janin, que estava vigiando o local desde a segunda parte da noite. Ele também não se barbeara e parecia cair de sono.

– Não aconteceu nada?

– Nada. A srta. Bourges apareceu e perguntou se eu precisava dela. Eu lhe disse que não, e depois de um momento ela foi embora, me dizendo que estaria no quarto e que era para eu chamá-la se precisasse de algo.

– Ela não entrou no escritório?

– Sim, mas ficou pouco tempo.

– Abriu as gavetas?

– Acho que não. Ela saiu carregando na mão um blusão vermelho de tricô, que ela não trazia junto ao chegar.

Maigret lembrou-se de que ela usava um blusão vermelho no dia anterior. Ela provavelmente se esquecera dele em alguma das peças do primeiro andar.

– E a sra. Fumal?

– Acabam de levar-lhe o café da manhã numa bandeja.

– Ela não desceu?

– Eu não a vi.

– Vá descansar. À noite, você escreve o relatório.

As cortinas vermelhas do escritório continuavam abertas. Maigret encarregou Lapointe de perguntar às empregadas se tinham o hábito de fechá-las. Ele olhou através de uma das janelas. Bem à frente, num nível um pouco mais alto, uma janela estava aberta, e via-se uma jovem loira que ia e vinha, movendo os lábios, como se cantarolasse enquanto arrumava o quarto. Era Louise Bourges.

Maigret teve de repente uma ideia e recuou até o cofre, encostado na parede oposta à janela. Será que ela poderia vê-lo?

Caso ela pudesse... Maigret, curioso, desceu as escadas, atravessou o pátio subiu a escadinha estreita que levava ao quarto da secretária. Ele bateu na porta. Ela respondeu:

– Entre!

Não pareceu surpresa de vê-lo, apenas murmurou:

– É o senhor?

Ele já conhecia a peça, que era espaçosa, arrumada com capricho. Numa cômoda, havia um radiogravador e, na mesinha de cabeceira, um abajur laranja. O que mais interessava a Maigret era a janela. Ele foi até ela, se debruçou sobre o peitoril e observou o escritório em frente na penumbra. O comissário não se lembrara de acender as lâmpadas antes de sair.

– A senhorita poderia ir até lá acender as luzes?

– Lá onde?

– No escritório.

Ela não pareceu amedrontada nem surpresa.

– Espere um pouco... A senhorita sabe o que o seu patrão guardava no cofre?

Ela hesitou, mas não por muito tempo.

– Sim. Prefiro dizer a verdade.

– E qual é a verdade?

– Ele guardava ali certos documentos importantes. Além disso, joias da madame Fumal, cartas que nunca cheguei a ter acesso e também dinheiro.

– Muito dinheiro?

– Muito. Ele era obrigado a ter sempre à mão uma grande quantidade de dinheiro vivo, como o senhor pode imaginar. Nas transações que fazia, havia sempre uma quantia que passava por debaixo da mesa, que ele não podia pagar em cheque.

– Quanto, exatamente?

– Eu o via com certa frequência entregar dois ou três milhões em notas.

– Devem ser encontrados, portanto, vários milhões em espécie no cofre?

– A menos que ele os tenha tirado.

– Quando?

– Eu não sei.

– Vá lá acender as lâmpadas.

– Depois devo retornar aqui?

– Espere por mim lá.

O quarto de Louise Bourges fora revistado sem nenhum resultado. Nele não havia nem pistola Luger nem papéis comprometedores. Em dinheiro, nada além de algumas notas de cem e mil francos.

A moça atravessou o pátio. Pareceu a Maigret que ela estava demorando para chegar ao escritório, mas talvez tivesse encontrado alguém pelo caminho.

As lâmpadas por fim se acenderam e, de repente, através do tule fininho que cobria os vidros, os menores detalhes da peça tornaram-se visíveis. Do cofre, entretanto, só se via a metade esquerda.

O comissário fazia um esforço para determinar o lugar onde Fumal estaria ao ser assassinado. Mas essa era uma questão de difícil resposta, porque o corpo poderia ter girado antes de cair no chão.

A cena poderia ser visível do quarto de Louise Bourges. De qualquer forma dali se via com clareza qualquer um que entrasse ou saísse do escritório.

Maigret atravessou o pátio, subiu as escadas, sem encontrar ninguém. Louise esperava por ele no patamar.

– O senhor descobriu o que queria?

Maigret fez que sim com a cabeça. Ela o seguiu até o escritório.

– O senhor pode reparar que daqui também se vê praticamente todo o meu quarto.

Ele prestava atenção ao que ela dizia.

– Como o sr. Fumal quase nunca fechava as cortinas do escritório, Félix e eu tínhamos um motivo a mais para fechar as persianas. Nenhum de nós é exibicionista.

– Mas então ele às vezes fechava as cortinas?

– Sim. Por exemplo, quando ele trabalhava até tarde com o sr. Joseph, ele sempre as fechava. Eu me pergunto por quê. Imagino que fosse porque nessas noites eles abriam o cofre.

– A senhorita acha que o sr. Joseph conhece o segredo?

– Acho que não.

– E a senhorita conhece?

– É claro que não.

– Lapointe!... Suba até o apartamento do sr. Joseph e pergunte a ele se conhece o segredo do cofre.

A chave fora encontrada no bolso do morto. A sra. Fumal, interrogada no dia anterior, nada sabia a respeito. O notário também disse não conhecer o segredo, e por isso esperavam, naquela manhã, por um especialista da fábrica de cofres, além do juiz de instrução.

– A senhorita não está grávida? – perguntou Maigret de repente.

– Por que o senhor quer saber? Não, não estou.

Ouviram-se passos na escadaria. Era o especialista da fábrica de cofres, um homem alto e magro, de bigodes, que olhou imediatamente para o cofre da mesma forma como um cirurgião olharia para um paciente que tivesse de operar.

– Precisamos esperar pelo juiz e pelo notário.

– Eu sei. Já estou acostumado.

Quando os dois chegaram, o notário pediu a presença da sra. Fumal, que seria provavelmente a herdeira de tudo. Lapointe, que já havia descido, foi procurá-la.

Ao contrário da noite anterior, ela não estava completamente bêbada, apenas alta. Devia ter bebido algo antes de descer, para tomar coragem, pois seu hálito cheirava a álcool.

O escrivão já estava acomodado no escritório.

– Creio que a senhorita não tem nada para fazer aqui – disse Maigret a Louise Bourges ao perceber que a secretária não tinha se retirado.

Como ele se arrependeria por ter dito aquilo!

O juiz Planche e ele começaram a conversar no canto da janela, enquanto o especialista trabalhava. Isso levou cerca de meia hora, depois do que se ouviu um clique e a porta pesada então se abriu.

O notário foi o primeiro a se aproximar e olhar o interior do cofre. O juiz e Maigret mantinham-se afastados.

Alguns envelopes amarelos, bastante amassados, continham apenas recibos, correspondência e reconhecimentos de dívidas, assinados por pessoas diferentes.

Em outra divisória, havia dossiês referentes aos diferentes negócios de Fumal.

Não havia nada de dinheiro, uma nota que fosse.

Sentindo a presença de alguém atrás de si, Maigret virou-se. O sr. Joseph estava sob a soleira da porta.

– Eles estão aí? – perguntou ele.

– Eles quem?

– Os quinze milhões. Deveria haver quinze milhões em dinheiro no cofre. Eles estavam aí há três dias, e estou certo de que o sr. Fumal não os retirou.

– O senhor tem uma chave?

– Acabei de dizer ao seu inspetor que não tenho.

– Ninguém tem uma outra chave do cofre?

– Que eu saiba, não.

Caminhando ao longo da sala, Maigret viu-se diante da janela e enxergou, do outro lado do pátio, Louise Bourges, que cantarolava de novo no quarto, indiferente ao que acontecia na mansão.

CAPÍTULO VIII

A janela, o cofre, a fechadura e o ladrão.

DIZ-SE QUE OS SONHOS MAIS longos não duram mais do que alguns segundos. Maigret, naquele momento, sentiu que descobria, que se aproximava subitamente de uma verdade há tempos procurada. Era uma sensação semelhante à do sonho que tivera, embora ainda não conseguisse lembrar-se dele.

Mais tarde, em momentos raros de plenitude, ele seria capaz de reconstituir em detalhes seus pensamentos e sensações mais ínfimos, como se pudesse imaginá-los com a riqueza de detalhes de uma pintura flamenga.

A fusão da luz do sol com aquela das lâmpadas dava ao escritório uma atmosfera artificial que lembrava um cenário de teatro. Talvez por causa disso, todos ali dentro parecessem personagens de uma peça.

O comissário continuava de pé ao lado de uma das enormes janelas. Em frente, do outro lado do pátio, Louise Bourges ia e vinha, cantarolando no quarto, onde seus cabelos loiros pareciam reluzir. Mais abaixo, no pátio, Félix, de macacão azul, dirigia o jato d'água de uma mangueira à limusine que ele tirara da garagem.

O escrivão, sentado na cadeira de Ferdinand Fumal, esperava, de cabeça levantada, que lhe ditassem alguma coisa. O notário Audoin e o juiz Planche, próximos do cofre, olhavam de vez em quando para Maigret. O notário segurava na mão um dossiê.

O especialista da fábrica de cofres tinha se recolhido discretamente para um canto da sala. O sr. Joseph continuava praticamente no mesmo lugar, e podia-se ver, através da porta aberta, o pequeno Lapointe, que acendia um cigarro no patamar.

Era como se a vida tivesse sido suspensa por alguns segundos. Cada um conservava a sua pose, como em uma fotografia.

O olhar de Maigret ia da janela ao cofre, do cofre à porta, e ele finalmente se deu conta do erro que havia cometido. A porta antiga, de carvalho esculpido, tinha uma enorme fechadura feita para uma chave grossa.

– Lapointe! – gritou ele.

– Sim, chefe.

– Desça e veja onde está Victor.

Ele acrescentou, para a surpresa dos outros:

– Tome cuidado!

Lapointe tampouco compreendeu a advertência. Era ao especialista em cofres que Maigret agora se dirigia:

– Se alguém tivesse observado, pelo buraco da fechadura, Fumal abrir o cofre diversas vezes... Se tivesse prestado atenção aos seus movimentos, seria possível descobrir o segredo?

O homem olhou para a porta, conferiu o ângulo, mediu a distância.

– Para mim, seria muito fácil.

– E para uma pessoa que não é do ramo?

– Se ela tivesse paciência... Prestando atenção nos movimentos da mão, contando o número de voltas em cada disco...

Ouvia-se no andar debaixo, e depois no pátio, as idas e vindas de Lapointe, que perguntava a Félix:

– Sabe onde está Victor?

Maigret estava seguro de ter descoberto a verdade, porém talvez fosse tarde demais. Louise Bourges, do outro lado, inclinou-se para fora da janela, e o comissário acreditou ter visto um sorrisinho irônico nos lábios da moça.

Lapointe estava de volta, assustado:

– Não o encontro em parte alguma, chefe. Ele não está no quarto nem em nenhum outro lugar lá embaixo, e também não subiu. Félix disse ter visto, há poucos minutos, a porta da rua se abrir e fechar.

– Telefone ao Quai des Orfèvres. Dê a eles a descrição de Victor. Peça que deixem a polícia em alerta, principalmente nas estações. Ligue você mesmo para os comissariados mais próximos.

A caçada ao homem começava, conforme um ritual já bem estabelecido. Os carros de polícia fechariam o cerco nas regiões mais próximas. Agentes uniformizados, inspetores vestidos como civis, dariam buscas pelas ruas, entrando nos estabelecimentos comerciais e interrogando as pessoas.

– Você sabe como ele estava vestido?

Maigret e seus inspetores sempre o viram de colete listrado. Foi o sr. Joseph quem deixou escapar:

– Que eu saiba, ele possui um único traje azul-marinho.

– Que tipo de chapéu?

– Ele nunca usa chapéu.

Quando Maigret pedira a Lapointe para descer e chamar Victor, ele ainda não tinha certeza de nada. Teria sido uma intuição? A conclusão das diversas reflexões que fizera, o resultado de uma infinidade de observações que, isoladas, não tinham qualquer importância?

Desde o início, ele sabia que Fumal fora assassinado por ódio, por vingança.

A fuga de Victor não contradizia nada disso. Nem mesmo os quinze milhões desaparecidos do cofre. O comissário sentiu uma vontade súbita de exclamar em voz alta: pelo contrário!

Era a raiva de um camponês, e um camponês dificilmente se esquece do aspecto prático das coisas, mesmo quando é movido pela paixão.

O comissário continuou calado. Os outros olhavam para ele, que se sentia humilhado. A fuga de Victor significava um fracasso. Maigret demorara demais a enxergar a verdade e agora tinha pouca confiança na busca que estavam organizando.

– Se os senhores quiserem prosseguir com as formalidades, fiquem à vontade...

O juiz de instrução, que não tinha grande experiência, hesitava em lhe fazer alguma pergunta. Ele mal murmurou:

– O senhor pensa que foi ele?

– Tenho certeza de que foi.

– E ele levou os milhões?

Era muito provável que sim. Ou Victor os levara consigo, ou ele os escondera em algum lugar fora da mansão, onde pudesse pegá-los mais tarde.

A voz monótona de Lapointe repetia a descrição de Victor pelo telefone. O comissário desceu ao pátio e observou por um tempo Félix que continuava a lavar o carro.

Ele passou pelo motorista sem lhe dirigir a palavra, subiu a escada e abriu a porta do quarto de Louise Bourges.

Havia uma malícia nos olhos dela, uma espécie de satisfação profunda.

– A senhorita sabia? – perguntou ele simplesmente.

Ela não tentou negar. Ao contrário, respondeu em tom desafiador:

– E o senhor desconfiava de mim, não é?

Ele também não negou, sentou-se no canto da cama e encheu o cachimbo lentamente.

– Como foi que a senhorita descobriu? A senhorita o viu?

Ele fez um sinal com a cabeça na direção da janela.

– Não. Eu sempre lhe disse a verdade. Eu digo sempre a verdade, não sei mentir. Não é porque eu tenha horror à mentira, mas porque fico vermelha.

– A senhorita fecha mesmo as venezianas?

– Sempre. Mas andei encontrando Victor em locais da mansão onde ele não deveria estar. Ele se movia sem fazer qualquer barulho, como um gato. Muitas vezes tive um sobressalto ao dar com ele do meu lado.

Ele se movia como um caçador clandestino, isso sim! Era isso o que Maigret havia intuído ao olhar para o cofre e a porta.

A secretária mostrou-lhe uma campainha na parede do quarto.

– Ela foi instalada para que o sr. Fumal pudesse me chamar quando bem entendesse. Às vezes, isso acontecia de noite, inclusive tarde da noite. Eu era obrigada a me vestir e ir encontrá-lo, porque ele precisava de mim para algum trabalho urgente. Isso acontecia sobretudo depois que ele voltava dos jantares de negócio. Foi em algumas dessas ocasiões que surpreendi Victor esgueirando-se pelas escadas.

– Ele não dava nenhuma desculpa para justificar o que estava fazendo?

– Não. Ele apenas me lançava um olhar...

– Como assim?

– O senhor sabe...

Era verdade. Maigret tinha compreendido tudo, mas preferia permanecer calado.

– Havia, entre as pessoas que moravam na mansão, uma cumplicidade tácita. Ninguém gostava do patrão. Cada um de nós guardava um segredo.

– Até mesmo de Félix? Quero dizer, a senhorita escondia algo de Félix?

Maigret teve a prova de que sim ao ver o rosto dela afoguear-se até às orelhas.

– Do que o senhor está falando?

– Da noite em que Fumal pediu a senhorita que se despisse...

Ela caminhou até a janela e a fechou.

– O senhor contou isso a Félix?

– Não.

– Pretende contar?

– Para quê? Eu me pergunto apenas por que motivo a senhorita se submeteu a isso.

– Porque eu queria me casar.

– E ir morar em Giens!

– Que mal há nisso?

A que ela dava mais importância? Casar com Félix ou ser dona de uma pousada em Giens?

– E como é que a senhorita conseguiria o dinheiro?

Emile Lentin furtava da caixinha. Ela deveria ter também um sistema.

– Isso eu posso lhe contar. O que eu fazia não tinha nada de ilegal.

– Pois então conte.

– O diretor das Boucheries du Nord tinha interesse em saber o valor exato de certas quantias que me passavam pelas mãos, pois assim ele dava um jeito de obter, para si mesmo, certos benefícios. Não sei os detalhes de como ele agia, mas, assim que eu tinha em mãos esses valores, eu telegrafava para ele. Por causa disso, todo mês ele me enviava uma quantia significativa em dinheiro.

– E os outros gerentes?

– Tenho certeza de que cada um roubava o que podia, mas esses não precisavam da minha colaboração.

Fumal, o mais desconfiado dos homens, o negociante mais implacável, estava na verdade cercado de gente que o enganava o tempo todo. Ele passava a vida a vigiá-los, ameaçá-los, a fazer com que sentissem o peso do seu autoritarismo.

Ora, dentro de sua própria casa, sem que ele soubesse, um homem entrava e saía, alimentava-se, dormia numa das peças, não hesitando, certas noites, em se aproximar do quarto de Fumal, para furtar dinheiro de uma gaveta.

A sua secretária estava mancomunada com um dos seus gerentes.

O sr. Joseph também devia fazer das suas. Mas isso, provavelmente, nem mesmo os especialistas do imposto de renda conseguiriam provar.

A fim de ter ao seu lado um guarda-costas, um cão de guarda fiel, Fumal tinha resgatado, da cidadezinha onde nascera, um caçador clandestino. Talvez ele mesmo o chamasse até o escritório à noite a fim de incumbir-lhe tarefas confidenciais.

E era Victor quem mais o odiava. Um ódio de camponês, paciente, teimoso. O mesmo ódio que o caçador antes nutria pelo fiscal de caça, há tempos na sua cola, e a quem ele acabara por matar em uma ocasião propícia.

Com relação a Fumal, o caçador também havia esperado pelo momento certo. Não apenas o momento certo para matar. Não apenas o momento certo para matar sem ser descoberto. Mas o momento certo em que estivesse ao abrigo das necessidades.

Fora a visão do cofre vazio, a ausência dos quinze milhões que colocara Maigret na pista correta.

As análises dos fatos, ele só elaborara mais tarde. Mas seus elementos constitutivos haviam sido intuídos todos em uma única visão.

A pistola Luger também desempenhara o seu papel.

– Victor participou da guerra?

– Num quartel perto de Moulins.

– Onde ele estava durante a ocupação?

– Na cidadezinha em que nasceu.

A cidadezinha havia sido ocupada pelos alemães. Era bem típico de Victor apropriar-se de uma das armas deles após a retirada. Talvez Victor tivesse até mesmo várias dessas armas escondidas no bosque.

– Por que a senhorita o preveniu? – perguntou Maigret em tom de reprovação.

– Preveniu de quê?

Ela corou novamente e se deu conta do que era.

– Falei com ele quando desci. Ele estava inquieto, ao pé da escada.

– Por quê?

– Não sei. Talvez porque vocês estivessem abrindo o cofre. Talvez porque ele tivesse ouvido o senhor ou um dos seus inspetores dizer algo que mostrava que estavam na pista certa.

– O que foi exatamente que a senhorita disse a ele?

– Eu disse que era melhor ele desaparecer.

– Por quê?

– Porque, matando Fumal, ele prestou um serviço a nós todos.

Ela lançou a Maigret um olhar desafiador.

– Eu pressentia que o senhor estava mesmo por descobrir a verdade.

– E a senhorita já estava começando a ficar nervosa...

– O senhor suspeitava de mim e de Félix. Ora, Félix também já teve uma Luger. Ele esteve em ocupação na

Alemanha. Quando ele me mostrou essa arma, que ele tinha guardado de recordação, exigi que se livrasse dela.

– Isso faz quanto tempo?

– Um ano.

– E por que a senhorita fez a ele essa exigência?

– Por que ele é ciumento, sujeito a ataques de cólera, e eu temia que numa dessas ocasiões ele atirasse em mim.

Ela não havia corado. Ela dizia a verdade.

Todos os comissariados de Paris estavam em alerta. Os carros de polícia iam e vinham pelos bairros da região. Passantes eram parados nas ruas. Os donos de bar de restaurantes eram chamados discretamente e interrogados em voz baixa.

– Victor sabia conduzir?

– Acho que não.

Vigiavam até mesmo as estradas. Longe de Paris, montavam-se barreiras policiais, onde carros eram parados e os passageiros examinados.

Maigret sentia-se inútil. Ele tinha feito tudo o que podia. Porém, o desfecho da história já não dependia dele, mas da sorte e da habilidade da polícia.

Era preciso encontrar um único homem em meio a milhões de outros, e esse homem estava decidido a escapar.

Maigret tinha falhado. Ele descobrira a verdade tarde demais. Como ele caminhava até a porta, Louise Bourges perguntou:

– Ainda temos de permanecer aqui?

– Só até nova ordem. Precisamos cumprir algumas formalidades. Talvez vocês sejam interrogados outra vez.

No pátio, Félix o acompanhou com um olhar desconfiado, depois subiu correndo a escada para encontrar a amante. Faria ele uma cena de ciúmes por ela ter ficado fechada sozinha no quarto com o comissário?

Maigret saiu da mansão e dirigiu-se ao boteco mais próximo, o primeiro do Boulevard des Batignolles, que ele já conhecia. O proprietário, que se lembrava dele, perguntou:

– Um chope?

Ele fez que não com a cabeça. Hoje ele não queria cerveja. O bar cheirava a Marc de Bourgogne e, apesar da hora, ele pediu:

– Uma dose de Marc.

Ele pediu uma segunda dose e, mais tarde, já pensando em outro assunto, uma terceira.

Era curioso que essa história tivesse começado em Saint-Fiacre, uma cidadezinha em Allier, onde Ferdinand Fumal e ele mesmo haviam nascido.

Maigret nascera no castelo ou, mais exatamente, nas dependências adjacentes do castelo, administrado por seu pai.

Fumal havia nascido num açougue. Sua mãe não usava combinação a fim de não perder tempo...

Quanto a Victor, ele havia nascido numa cabana de madeira, e seu pai comia corvos e outros animais estranhos.

Seria por isso que o comissário tinha a impressão de compreendê-los?

Será que ele queria que a caçada ao bandido fosse bem-sucedida e que Victor fosse levado ao cadafalso?

Seus pensamentos sucediam-se livremente, como as múltiplas imagens que ele via desdobradas no espelho do bar, atrás das garrafas.

Fumal tinha sido agressivo com o comissário porque, na escola em que eram colegas, Maigret era o filho de um homem instruído, do administrador do castelo, daquele que representava os interesses do conde diante dos camponeses.

Victor devia ter como inimigos todos aqueles que não vagavam pelos bosques como ele, todos os que moravam em casas de verdade, ao abrigo de conflitos com a polícia e os guardas.

Fumal cometera um erro de levá-lo a Paris e fechá-lo num quartinho de pedra no Boulevard des Courcelles.

Victor devia sentir-se como um prisioneiro. No seu quartinho, ele vivia só, como um animal entocado. Não sentia ele saudades de caçar, de dormir na relva, das cores do amanhecer?

No lugar da espingarda, ele tinha agora uma pistola Luger, que devia acariciar com nostalgia.

– Mais uma dose?

Maigret sacudiu negativamente a cabeça.

– Não!

Ele já bebera o suficiente e tinha de terminar o que havia começado. Iria ao Quai des Orfèvres dirigir as buscas, mesmo contra a própria vontade.

Para não falar na inglesa desaparecida!

CAPÍTULO IX

Em busca dos desaparecidos.

NOS JORNAIS, A MANCHETE que melhor resumia a situação era a seguinte:

Fracasso duplo da Polícia Judiciária

O que também queria dizer:

Fracasso duplo de Maigret

Uma turista havia desaparecido de um hotel do Quartier Saint-Lazare. Ela tinha entrado num bar, saído, passado diante de um guarda e depois sumido do mapa, sem nenhum motivo aparente.

Um homem, bastante conhecido, um assassino, não somente do rei dos açougues, mas também de um fiscal de caça, escapara de uma mansão do Boulevard de Courcelles, em pleno dia, às onze horas da manhã, no momento em que o lugar era visitado pela polícia e pelo juiz de instrução. Talvez ele estivesse armado. Devia carregar consigo uma fortuna de quinze milhões.

Aparentemente, ele não tinha nenhum conhecido em Paris, nem homem nem mulher.

Como a sra. Britt, ele desaparecera na cidade.

Centenas, milhares de policiais e guardas-civis no país todo passariam horas procurando por eles.

Mesmo depois de o interesse do público ter diminuído, os homens encarregados da segurança da população continuaram a ter em suas agendas os nomes, as descrições dos dois desaparecidos.

Por dois anos, não se teve nenhuma notícia deles.

Foi a sra. Britt, a proprietária da pensão em Kilburn Lane, quem foi encontrada primeiro.

Ela estava em perfeito estado de saúde, casada, e agora cuidava de uma pensão de família num campo de mineração na Austrália.

A descoberta do seu paradeiro não foi mérito nem da polícia francesa nem da polícia britânica. Uma das pessoas que viajara em excursão com ela a Paris resolveu viajar também à Austrália e por acaso a encontrou.

A sra. Britt recusou-se a falar sobre o sumiço. Ela não devia nada a ninguém. Não cometera nenhum crime. Como enfim ela encontrara o homem da sua vida? Por que ela deixara o hotel e a França sem dizer nada a ninguém? Essas eram questões que diziam respeito apenas a ela, e os jornalistas que ousaram procurá-la foram colocados para fora.

Com Victor, as coisas se passaram de outra maneira. Ele ficou cinco anos desaparecido, sem que seu nome fosse, no entanto, riscado dos caderninhos dos policiais.

Numa manhã de novembro, entre os passageiros que desembarcavam de um navio vindo do Panamá, a polícia do porto de Cherbourg reparou em um passageiro de terceira classe que parecia doente e que viajava com um passaporte grosseiramente falsificado.

– O senhor poderia me acompanhar, por favor? – perguntou polidamente um dos inspetores, depois de lançar uma olhadela discreta para o seu colega.

– Por quê?

– Uma simples formalidade.

Em vez de seguir na fila, o homem entrou numa salinha, onde fizeram sentar-se numa cadeira.

– Qual o seu nome?

– O senhor viu no passaporte: Henri Sauer.

– O senhor nasceu em Estrasburgo?

– Conforme está escrito no meu passaporte.

– Onde foi que o senhor estudou?

– Ora... em Estrasburgo...

– Na École du Quai Saint-Nicolas?

Foram citando a ele vários nomes de ruas, de praças públicas, de monumentos, restaurantes.

– Faz tanto tempo... – suspirou o homem, cujo rosto estava banhado de suor.

Ele devia ter contraído algum tipo de febre dos trópicos, pois seu corpo começou a tremer convulsivamente.

– O nome do senhor é?

– Já lhe disse...

– O nome verdadeiro.

Apesar do estado em que estava, ele não se entregou, repetindo sempre a mesma história.

– Sabemos onde, no Panamá, o senhor comprou esse passaporte. O senhor foi logrado de forma grosseira. Já apanhamos pelo menos dez outros casos de pessoas que, como o senhor, se meteram nessa encrenca.

O inspetor tirou de um arquivo outros passaportes parecidos.

– Veja bem... O vendedor desses passaportes se chama Schwarz e ele é procurado pela justiça. Ele sim nasceu em Estrasburgo. O senhor continua calado? Seja como quiser... Me dê a sua mão...

Tranquilamente, o agente tirou as impressões digitais do suspeito.

– O que vocês pretendem fazer comigo?

– Vamos enviar essas digitais a Paris, onde descobrirão a sua verdadeira identidade.

– E enquanto isso?

– O senhor vai ficar preso aqui conosco.

O homem olhou para a porta de vidro, atrás da qual conversavam dois policiais.

– Nesse caso... – suspirou ele derrotado.

– Qual é o seu nome?

– Victor Ricou.

Mesmo depois de cinco anos, aquela resposta foi o suficiente para acionar a memória do diretor. Ele se levantou, foi até os arquivos, de onde tirou uma ficha.

– O Victor do Boulevard de Courcelles?

Dez minutos mais tarde, Maigret, que acabara de chegar à P.J. e abria a correspondência, recebia a notícia por telefone.

No dia seguinte, ele tinha diante de si, no gabinete, uma espécie de destroço, um homem completamente acuado, que não ousava sequer se defender.

– Como foi que você deixou Paris?

– Eu continuei em Paris por três meses.

– Onde?

– Num hotelzinho da Place d'Italie.

O que mais intrigava o comissário era a forma como Victor tinha desaparecido do bairro, poucos minutos antes de a polícia ser alertada.

– Peguei um triciclo de carga que havia na calçada, e ninguém reparou em mim.

Após três meses, ele foi a Le Havre, de onde embarcou clandestinamente para o Panamá, com a ajuda de um marinheiro de um navio de carga.

– Primeiro, ele me disse que a viagem custaria quinhentos francos. A bordo, ele me pediu mais quinhentos francos e antes de desembarcar...

– Quanto ele cobrou no total?

– Dez milhões. Lá...

Victor esperava poder instalar-se no campo. Porém, fora das cidades, o que havia no Panamá eram florestas virgens.

Desorientado, começou a frequentar ambientes suspeitos e acabou sendo roubado novamente. Os quinze milhões não duraram mais que dois anos, e ele teve de procurar trabalho.

– Eu não aguentava mais. Precisava retornar.

Os jornais, que tanto barulho tinham feito na época, contentaram-se em anunciar a sua captura em três linhas. Ninguém mais se lembrava do caso Fumal.

Victor não chegou nem mesmo a ir aos tribunais. Por causa do tempo do processo e do desaparecimento das testemunhas, ele acabou sendo liberado para morrer numa enfermaria de Fresnes, onde Maigret foi o único a lhe fazer duas ou três visitas.

Golden Gate, Cannes, 4 de março de 1956.

Coleção L&PM POCKET (LANÇAMENTOS MAIS RECENTES)

574.**Crônica de um amor louco** – Bukowski
575(5).**Freud** – René Major e Chantal Talagrand
576(6).**Picasso** – Gilles Plazy
577(7).**Gandhi** – Christine Jordis
578.**A tumba** – H. P. Lovecraft
579.**O príncipe e o mendigo** – Mark Twain
580.**Garfield, um charme de gato (7)** – Jim Davis
581.**Ilusões perdidas** – Balzac
582.**Esplendores e misérias das cortesãs** – Balzac
583.**Walter Ego** – Angeli
584.**Striptiras (1)** – Laerte
585.**Fagundes: um puxa-saco de mão cheia** – Laerte
586.**Depois do último trem** – Josué Guimarães
587.**Ricardo III** – Shakespeare
588.**Dona Anja** – Josué Guimarães
589.**24 horas na vida de uma mulher** – Stefan Zweig
590.**O terceiro homem** – Graham Greene
591.**Mulher no escuro** – Dashiell Hammett
592.**No que acredito** – Bertrand Russell
593.**Odisséia (1): Telemaquia** – Homero
594.**O cavalo cego** – Josué Guimarães
595.**Henrique V** – Shakespeare
596.**Fabulário geral do delírio cotidiano** – Bukowski
597.**Tiros na noite 1: A mulher do bandido** – Dashiell Hammett
598.**Snoopy em Feliz Dia dos Namorados! (2)** – Schulz
599.**Mas não se matam cavalos?** – Horace McCoy
600.**Crime e castigo** – Dostoiévski
601(7).**Mistério no Caribe** – Agatha Christie
602.**Odisséia (2): Regresso** – Homero
603.**Piadas para sempre (2)** – Visconde da Casa Verde
604.**À sombra do vulcão** – Malcolm Lowry
605(8).**Kerouac** – Yves Buin
606.**E agora são cinzas** – Angeli
607.**As mil e uma noites** – Paulo Caruso
608.**Um assassino entre nós** – Ruth Rendell
609.**Crack-up** – F. Scott Fitzgerald
610.**Do amor** – Stendhal
611.**Cartas do Yage** – William Burroughs e Allen Ginsberg
612.**Striptiras (2)** – Laerte
613.**Henry & June** – Anaïs Nin
614.**A piscina mortal** – Ross Macdonald
615.**Geraldão (2)** – Glauco
616.**Tempo de delicadeza** – A. R. de Sant'Anna
617.**Tiros na noite 2: Medo de tiro** – Dashiell Hammett
618.**Snoopy em Assim é a vida, Charlie Brown! (3)** – Schulz
619.**1954 – Um tiro no coração** – Hélio Silva
620.**Sobre a inspiração poética (Íon)** e ... – Platão
621.**Garfield e seus amigos (8)** – Jim Davis
622.**Odisséia (3): Ítaca** – Homero
623.**A louca matança** – Chester Himes
624.**Factótum** – Bukowski
625.**Guerra e Paz: volume 1** – Tolstói
626.**Guerra e Paz: volume 2** – Tolstói
627.**Guerra e Paz: volume 3** – Tolstói
628.**Guerra e Paz: volume 4** – Tolstói
629(9).**Shakespeare** – Claude Mourthé
630.**Bem está o que bem acaba** – Shakespeare
631.**O contrato social** – Rousseau
632.**Geração Beat** – Jack Kerouac
633.**Snoopy: É Natal! (4)** – Charles Schulz
634(8).**Testemunha da acusação** – Agatha Christie
635.**Um elefante no caos** – Millôr Fernandes
636.**Guia de leitura (100 autores que você precisa ler)** – Organização de Léa Masina
637.**Pistoleiros também mandam flores** – David Coimbra
638.**O prazer das palavras** – vol. 1 – Cláudio Moreno
639.**O prazer das palavras** – vol. 2 – Cláudio Moreno
640.**Novíssimo testamento: com Deus e o diabo, a dupla da criação** – Iotti
641.**Literatura Brasileira: modos de usar** – Luís Augusto Fischer
642.**Dicionário de Porto-Alegrês** – Luís A. Fischer
643.**Clô Dias & Noites** – Sérgio Jockymann
644.**Memorial de Isla Negra** – Pablo Neruda
645.**Um homem extraordinário e outras histórias** – Tchékhov
646.**Ana sem terra** – Alcy Cheuiche
647.**Adultérios** – Woody Allen
648.**Para sempre ou nunca mais** – R. Chandler
649.**Nosso homem em Havana** – Graham Greene
650.**Dicionário Caldas Aulete de Bolso**
651.**Snoopy: Posso fazer uma pergunta, professora? (5)** – Charles Schulz
652(10).**Luís XVI** – Bernard Vincent
653.**O mercador de Veneza** – Shakespeare
654.**Cancioneiro** – Fernando Pessoa
655.**Non-Stop** – Martha Medeiros
656.**Carpinteiros, levantem bem alto a cumeeira & Seymour, uma apresentação** – J.D.Salinger
657.**Ensaios céticos** – Bertrand Russell
658.**O melhor de Hagar 5** – Dik e Chris Browne
659.**Primeiro amor** – Ivan Turguêniev
660.**A trégua** – Mario Benedetti
661.**Um parque de diversões da cabeça** – Lawrence Ferlinghetti
662.**Aprendendo a viver** – Sêneca
663.**Garfield, um gato em apuros (9)** – Jim Davis
664.**Dilbert 1** – Scott Adams
665.**Dicionário de dificuldades** – Domingos Paschoal Cegalla
666.**A imaginação** – Jean-Paul Sartre
667.**O ladrão e os cães** – Naguib Mahfuz
668.**Gramática do português contemporâneo** – Celso Cunha
669.**A volta do parafuso** *seguido de* **Daisy Miller** – Henry James
670.**Notas do subsolo** – Dostoiévski
671.**Abobrinhas da Brasilônia** – Glauco
672.**Geraldão (3)** – Glauco
673.**Piadas para sempre (3)** – Visconde da Casa Verde

674.**Duas viagens ao Brasil** – Hans Staden
675.**Bandeira de bolso** – Manuel Bandeira
676.**A arte da guerra** – Maquiavel
677.**Além do bem e do mal** – Nietzsche
678.**O coronel Chabert** *seguido de* **A mulher abandonada** – Balzac
679.**O sorriso de marfim** – Ross Macdonald
680.**100 receitas de pescados** – Sílvio Lancellotti
681.**O juiz e seu carrasco** – Friedrich Dürrenmatt
682.**Noites brancas** – Dostoiévski
683.**Quadras ao gosto popular** – Fernando Pessoa
684.**Romanceiro da Inconfidência** – Cecília Meireles
685.**Kaos** – Millôr Fernandes
686.**A pele de onagro** – Balzac
687.**As ligações perigosas** – Choderlos de Laclos
688.**Dicionário de matemática** – Luiz Fernandes Cardoso
689.**Os Lusíadas** – Luís Vaz de Camões
690(11).**Átila** – Éric Deschodt
691.**Um jeito tranqüilo de matar** – Chester Himes
692.**A felicidade conjugal** *seguido de* **O diabo** – Tolstói
693.**Viagem de um naturalista ao redor do mundo** – vol. 1 – Charles Darwin
694.**Viagem de um naturalista ao redor do mundo** – vol. 2 – Charles Darwin
695.**Memórias da casa dos mortos** – Dostoiévski
696.**A Celestina** – Fernando de Rojas
697.**Snoopy: Como você é azarado, Charlie Brown! (6)** – Charles Schulz
698.**Dez (quase) amores** – Claudia Tajes
699(9).**Poirot sempre espera** – Agatha Christie
700.**Cecília de bolso** – Cecília Meireles
701.**Apologia de Sócrates** *precedido de* **Êutifron** e *seguido de* **Críton** – Platão
702.**Wood & Stock** – Angeli
703.**Striptiras (3)** – Laerte
704.**Discurso sobre a origem e os fundamentos da desigualdade entre os homens** – Rousseau
705.**Os duelistas** – Joseph Conrad
706.**Dilbert (2)** – Scott Adams
707.**Viver e escrever** (vol. 1) – Edla van Steen
708.**Viver e escrever** (vol. 2) – Edla van Steen
709.**Viver e escrever** (vol. 3) – Edla van Steen
710(10).**A teia da aranha** – Agatha Christie
711.**O banquete** – Platão
712.**Os belos e malditos** – F. Scott Fitzgerald
713.**Libelo contra a arte moderna** – Salvador Dalí
714.**Akropolis** – Valerio Massimo Manfredi
715.**Devoradores de mortos** – Michael Crichton
716.**Sob o sol da Toscana** – Frances Mayes
717.**Batom na cueca** – Nani
718.**Vida dura** – Claudia Tajes
719.**Carne trêmula** – Ruth Rendell
720.**Cris, a fera** – David Coimbra
721.**O anticristo** – Nietzsche
722.**Como um romance** – Daniel Pennac
723.**Emboscada no Forte Bragg** – Tom Wolfe
724.**Assédio sexual** – Michael Crichton
725.**O espírito do Zen** – Alan W.Watts
726.**Um bonde chamado desejo** – Tennessee Williams
727.**Como gostais** *seguido de* **Conto de inverno** – Shakespeare
728.**Tratado sobre a tolerância** – Voltaire
729.**Snoopy: Doces ou travessuras? (7)** – Charles Schulz
730.**Cardápios do Anonymus Gourmet** – J.A. Pinheiro Machado
731.**100 receitas com lata** – J.A. Pinheiro Machado
732.**Conhece o Mário?** vol.2 – Santiago
733.**Dilbert (3)** – Scott Adams
734.**História de um louco amor** *seguido de* **Passado amor** – Horacio Quiroga
735(11).**Sexo: muito prazer** – Laura Meyer da Silva
736(12).**Para entender o adolescente** – Dr. Ronald Pagnoncelli
737(13).**Desembarcando a tristeza** – Dr. Fernando Lucchese
738.**Poirot e o mistério da arca espanhola & outras histórias** – Agatha Christie
739.**A última legião** – Valerio Massimo Manfredi
740.**As virgens suicidas** – Jeffrey Eugenides
741.**Sol nascente** – Michael Crichton
742.**Duzentos ladrões** – Dalton Trevisan
743.**Os devaneios do caminhante solitário** – Rousseau
744.**Garfield, o rei da preguiça (10)** – Jim Davis
745.**Os magnatas** – Charles R. Morris
746.**Pulp** – Charles Bukowski
747.**Enquanto agonizo** – William Faulkner
748.**Aline: viciada em sexo (3)** – Adão Iturrusgarai
749.**A dama do cachorrinho** – Anton Tchékhov
750.**Tito Andrônico** – Shakespeare
751.**Antologia poética** – Anna Akhmátova
752.**O melhor de Hagar 6** – Dik e Chris Browne
753(12).**Michelangelo** – Nadine Sautel
754.**Dilbert (4)** – Scott Adams
755.**O jardim das cerejeiras** *seguido de* **Tio Vânia** – Tchékhov
756.**Geração Beat** – Claudio Willer
757.**Santos Dumont** – Alcy Cheuiche
758.**Budismo** – Claude B. Levenson
759.**Cleópatra** – Christian-Georges Schwentzel
760. **Revolução Francesa** – Frédéric Bluche, Stéphane Rials e Jean Tulard
761.**A crise de 1929** – Bernard Gazier
762.**Sigmund Freud** – Edson Sousa e Paulo Endo
763.**Império Romano** – Patrick Le Roux
764.**Cruzadas** – Cécile Morrisson
765.**O mistério do Trem Azul** – Agatha Christie
766.**Os escrúpulos de Maigret** – Simenon
767.**Maigret se diverte** – Simenon
768.**Senso comum** – Thomas Paine
769.**O parque dos dinossauros** – Michael Crichton
770.**Trilogia da paixão** – Goethe
771.**A simples arte de matar** (vol.1) – R. Chandler
772.**A simples arte de matar** (vol.2) – R. Chandler
773.**Snoopy: No mundo da lua! (8)** – Charles Schulz
774.**Os Quatro Grandes** – Agatha Christie
775.**Um brinde de cianureto** – Agatha Christie
776.**Súplicas atendidas** – Truman Capote
777.**Ainda restam aveleiras** – Simenon
778.**Maigret e o ladrão preguiçoso** – Simenon
779.**A viúva imortal** – Millôr Fernandes
780.**Cabala** – Roland Goetschel
781.**Capitalismo** – Claude Jessua
782.**Mitologia grega** – Pierre Grimal

783.**Economia: 100 palavras-chave** – Jean-Paul Betbèze

784.**Marxismo** – Henri Lefebvre

785.**Punição para a inocência** – Agatha Christie

786.**A extravagância do morto** – Agatha Christie

787(13).**Cézanne** – Bernard Fauconnier

788.**A identidade Bourne** – Robert Ludlum

789.**Da tranquilidade da alma** – Sêneca

790.**Um artista da fome** *seguido de* **Na colônia penal e outras histórias** – Kafka

791.**Histórias de fantasmas** – Charles Dickens

792.**A louca de Maigret** – Simenon

793.**O amigo de infância de Maigret** – Simenon

794.**O revólver de Maigret** – Simenon

795.**A fuga do sr. Monde** – Simenon

796.**O Uraguai** – Basílio da Gama

797.**A mão misteriosa** – Agatha Christie

798.**Testemunha ocular do crime** – Agatha Christie

799.**Crepúsculo dos ídolos** – Friedrich Nietzsche

800.**Maigret e o negociante de vinhos** – Simemon

801.**Maigret e o mendigo** – Simenon

802.**O grande golpe** – Dashiell Hammett

803.**Humor barra pesada** – Nani

804.**Vinho** – Jean-François Gautier

805.**Egito Antigo** – Sophie Desplancques

806(14).**Baudelaire** – Jean-Baptiste Baronian

807.**Caminho da sabedoria, caminho da paz** – Dalai Lama e Felizitas von Schönborn

808.**Senhor e servo e outras histórias** – Tolstói

809.**Os cadernos de Malte Laurids Brigge** – Rilke

810.**Dilbert (5)** – Scott Adams

811.**Big Sur** – Jack Kerouac

812.**Seguindo a correnteza** – Agatha Christie

813.**O álibi** – Sandra Brown

814.**Montanha-russa** – Martha Medeiros

815.**Coisas da vida** – Martha Medeiros

816.**A cantada infalível** *seguido de* **A mulher do centroavante** – David Coimbra

817.**Maigret e os crimes do cais** – Simenon

818.**Sinal vermelho** – Simenon

819.**Snoopy: Pausa para a soneca (9)** – Charles Schulz

820.**De pernas pro ar** – Eduardo Galeano

821.**Tragédias gregas** – Pascal Thiercy

822.**Existencialismo** – Jacques Colette

823.**Nietzsche** – Jean Granier

824.**Amar ou depender?** – Walter Riso

825.**Darmapada: A doutrina budista em versos**

826.**J'Accuse...! – a verdade em marcha** – Zola

827.**Os crimes ABC** – Agatha Christie

828.**Um gato entre os pombos** – Agatha Christie

829.**Maigret e o sumiço do sr. Charles** – Simenon

830.**Maigret e a morte do jogador** – Simenon

831.**Dicionário de teatro** – Luiz Paulo Vasconcellos

832.**Cartas extraviadas** – Martha Medeiros

833.**A longa viagem de prazer** – J. J. Morosoli

834.**Receitas fáceis** – J. A. Pinheiro Machado

835.(14).**Mais fatos & mitos** – Dr. Fernando Lucchese

836.(15).**Boa viagem!** – Dr. Fernando Lucchese

837.**Aline: Finalmente nua!!!** (4) – Adão Iturrusgarai

838.**Mônica tem uma novidade!** – Mauricio de Sousa

839.**Cebolinha em apuros!** – Mauricio de Sousa

840.**Sócios no crime** – Agatha Christie

841.**Bocas do tempo** – Eduardo Galeano

842.**Orgulho e preconceito** – Jane Austen

843.**Impressionismo** – Dominique Lobstein

844.**Escrita chinesa** – Viviane Alleton

845.**Paris: uma história** – Yvan Combeau

846(15).**Van Gogh** – David Haziot

847.**Maigret e o corpo sem cabeça** – Simenon

848.**Portal do destino** – Agatha Christie

849.**O futuro de uma ilusão** – Freud

850.**O mal-estar na cultura** – Freud

851.**Maigret e o matador** – Simenon

852.**Maigret e o fantasma** – Simenon

853.**Um crime adormecido** – Agatha Christie

854.**Satori em Paris** – Jack Kerouac

855.**Medo e delírio em Las Vegas** – Hunter Thompson

856.**Um negócio fracassado e outros contos de humor** – Tchékhov

857.**Mônica está de férias!** – Mauricio de Sousa

858.**De quem é esse coelho?** – Mauricio de Sousa

859.**O burgomestre de Furnes** – Simenon

860.**O mistério Sittaford** – Agatha Christie

861.**Manhã transfigurada** – Luiz Antonio de Assis Brasil

862.**Alexandre, o Grande** – Pierre Briant

863.**Jesus** – Charles Perrot

864.**Islã** – Paul Balta

865.**Guerra da Secessão** – Farid Ameur

866.**Um rio que vem da Grécia** – Cláudio Moreno

867.**Maigret e os colegas americanos** – Simenon

868.**Assassinato na casa do pastor** – Agatha Christie

869.**Manual do líder** – Napoleão Bonaparte

870(16).**Billie Holiday** – Sylvia Fol

871.**Bidu arrasando!** – Mauricio de Sousa

872.**Desventuras em família** – Mauricio de Sousa

873.**Liberty Bar** – Simenon

874.**E no final a morte** – Agatha Christie

875.**Guia prático do Português correto – vol. 4** – Cláudio Moreno

876.**Dilbert (6)** – Scott Adams

877(17).**Leonardo da Vinci** – Sophie Chauveau

878.**Bella Toscana** – Frances Mayes

879.**A arte da ficção** – David Lodge

880.**Striptiras (4)** – Laerte

881.**Skrotinhos** – Angeli

882.**Depois do funeral** – Agatha Christie

883.**Radicci 7** – Iotti

884.**Walden** – H. D. Thoreau

885.**Lincoln** – Allen C. Guelzo

886.**Primeira Guerra Mundial** – Michael Howard

887.**A linha de sombra** – Joseph Conrad

888.**O amor é um cão dos diabos** – Bukowski

889.**Maigret sai em viagem** – Simenon

890.**Despertar: uma vida de Buda** – Jack Kerouac

891(18).**Albert Einstein** – Laurent Seksik

892.**Hell's Angels** – Hunter Thompson

893.**Ausência na primavera** – Agatha Christie

894.**Dilbert (7)** – Scott Adams

895.**Ao sul de lugar nenhum** – Bukowski

896.**Maquiavel** – Quentin Skinner

897.**Sócrates** – C.C.W. Taylor

898.**A casa do canal** – Simenon

899.**O Natal de Poirot** – Agatha Christie

900.**As veias abertas da América Latina** – Eduardo Galeano

901.**Snoopy: Sempre alerta! (10)** – Charles Schulz

902.**Chico Bento: Plantando confusão** – Mauricio de Sousa
903.**Penadinho: Quem é morto sempre aparece** – Mauricio de Sousa
904.**A vida sexual da mulher feia** – Claudia Tajes
905.**100 segredos de liquidificador** – José Antonio Pinheiro Machado
906.**Sexo muito prazer 2** – Laura Meyer da Silva
907.**Os nascimentos** – Eduardo Galeano
908.**As caras e as máscaras** – Eduardo Galeano
909.**O século do vento** – Eduardo Galeano
910.**Poirot perde uma cliente** – Agatha Christie
911.**Cérebro** – Michael O'Shea
912.**O escaravelho de ouro e outras histórias** – Edgar Allan Poe
913.**Piadas para sempre (4)** – Visconde da Casa Verde
914.**100 receitas de massas light** – Helena Tonetto
915(19).**Oscar Wilde** – Daniel Salvatore Schiffer
916.**Uma breve história do mundo** – H. G. Wells
917.**A Casa do Penhasco** – Agatha Christie
918.**Maigret e o finado sr. Gallet** – Simenon
919.**John M. Keynes** – Bernard Gazier
920(20).**Virginia Woolf** – Alexandra Lemasson
921.**Peter e Wendy** *seguido de* **Peter Pan em Kensington Gardens** – J. M. Barrie
922.**Aline: numas de colegial (5)** – Adão Iturrusgarai
923.**Uma dose mortal** – Agatha Christie
924.**Os trabalhos de Hércules** – Agatha Christie
925.**Maigret na escola** – Simenon
926.**Kant** – Roger Scruton
927.**A inocência do Padre Brown** – G.K. Chesterton
928.**Casa Velha** – Machado de Assis
929.**Marcas de nascença** – Nancy Huston
930.**Aulete de bolso**
931.**Hora Zero** – Agatha Christie
932.**Morte na Mesopotâmia** – Agatha Christie
933.**Um crime na Holanda** – Simenon
934.**Nem te conto, João** – Dalton Trevisan
935.**As aventuras de Huckleberry Finn** – Mark Twain
936(21).**Marilyn Monroe** – Anne Plantagenet
937.**China moderna** – Rana Mitter
938.**Dinossauros** – David Norman
939.**Louca por homem** – Claudia Tajes
940.**Amores de alto risco** – Walter Riso
941.**Jogo de damas** – David Coimbra
942.**Filha é filha** – Agatha Christie
943.**M ou N?** – Agatha Christie
944.**Maigret se defende** – Simenon
945.**Bidu: diversão em dobro!** – Mauricio de Sousa
946.**Fogo** – Anaïs Nin
947.**Rum: diário de um jornalista bêbado** – Hunter Thompson
948.**Persuasão** – Jane Austen
949.**Lágrimas na chuva** – Sergio Faraco
950.**Mulheres** – Bukowski
951.**Um pressentimento funesto** – Agatha Christie
952.**Cartas na mesa** – Agatha Christie
953.**Maigret em Vichy** – Simenon
954.**O lobo do mar** – Jack London
955.**Os gatos** – Patricia Highsmith
956(22).**Jesus** – Christiane Rancé
957.**História da medicina** – William Bynum
958.**O Morro dos Ventos Uivantes** – Emily Brontë
959.**A filosofia na era trágica dos gregos** – Nietzsche
960.**Os treze problemas** – Agatha Christie
961.**A massagista japonesa** – Moacyr Scliar
962.**A taberna dos dois tostões** – Simenon
963.**Humor do miserê** – Nani
964.**Todo o mundo tem dúvida, inclusive você** – Édison Oliveira
965.**A dama do Bar Nevada** – Sergio Faraco
966.**O Smurf Repórter** – Peyo
967.**O Bebê Smurf** – Peyo
968.**Maigret e os flamengos** – Simenon
969.**O psicopata americano** – Bret Easton Ellis
970.**Ensaios de amor** – Alain de Botton
971.**O grande Gatsby** – F. Scott Fitzgerald
972.**Por que não sou cristão** – Bertrand Russell
973.**A Casa Torta** – Agatha Christie
974.**Encontro com a morte** – Agatha Christie
975(23).**Rimbaud** – Jean-Baptiste Baronian
976.**Cartas na rua** – Bukowski
977.**Memória** – Jonathan K. Foster
978.**A abadia de Northanger** – Jane Austen
979.**As pernas de Úrsula** – Claudia Tajes
980.**Retrato inacabado** – Agatha Christie
981.**Solanin (1)** – Inio Asano
982.**Solanin (2)** – Inio Asano
983.**Aventuras de menino** – Mitsuru Adachi
984(16).**Fatos & mitos sobre sua alimentação** – Dr. Fernando Lucchese
985.**Teoria quântica** – John Polkinghorne
986.**O eterno marido** – Fiódor Dostoiévski
987.**Um safado em Dublin** – J. P. Donleavy
988.**Mirinha** – Dalton Trevisan
989.**Akhenaton e Nefertiti** – Carmen Seganfredo e A. S. Franchini
990.**On the Road – o manuscrito original** – Jack Kerouac
991.**Relatividade** – Russell Stannard
992.**Abaixo de zero** – Bret Easton Ellis
993(24).**Andy Warhol** – Mériam Korichi
994.**Maigret** – Simenon
995.**Os últimos casos de Miss Marple** – Agatha Christie
996.**Nico Demo** – Mauricio de Sousa
997.**Maigret e a mulher do ladrão** – Simenon
998.**Rousseau** – Robert Wokler
999.**Noite sem fim** – Agatha Christie
1000.**Diários de Andy Warhol (1)** – Editado por Pat Hackett
1001.**Diários de Andy Warhol (2)** – Editado por Pat Hackett
1002.**Cartier-Bresson: o olhar do século** – Pierre Assouline
1003.**As melhores histórias da mitologia: vol. 1** – A.S. Franchini e Carmen Seganfredo
1004.**As melhores histórias da mitologia: vol. 2** – A.S. Franchini e Carmen Seganfredo
1005.**Assassinato no beco** – Agatha Christie
1006.**Convite para um homicídio** – Agatha Christie
1007.**Um fracasso de Maigret** – Simenon
1008.**História da vida** – Michael J. Benton
1009.**Jung** – Anthony Stevens
1010.**Arsène Lupin, ladrão de casaca** – Maurice Leblanc
1011.**Dublinenses** – James Joyce

IMPRESSÃO:

GRÁFICA EDITORA
Pallotti
IMAGEM DE QUALIDADE

Santa Maria - RS - Fone/Fax: (55) 3220.4500
www.pallotti.com.br